孙犁最喜欢的藏书票
孙晓玲提供

秀露集

耕堂文录十种

孙犁 著

天津出版传媒集团

百花文艺出版社

图书在版编目（ＣＩＰ）数据

秀露集 / 孙犁著. —天津：百花文艺出版社，
2012.5（2023.4重印）
（耕堂文录十种）
ISBN 978-7-5306-6105-5

Ⅰ．①秀… Ⅱ．①孙… Ⅲ．①中国文学–当代文学–
作品综合集 Ⅳ．①I217.2

中国版本图书馆 CIP 数据核字(2012)第 091430 号

秀露集
XIULU JI
孙犁 著

出 版 人：薛印胜
责任编辑：徐福伟
封面设计：郭亚非　　　版式设计：郭亚红
出版发行：百花文艺出版社
地址：天津市和平区西康路 35 号　　邮编：300051
电话传真：+86-22-23332651（发行部）
　　　　　+86-22-23332656（总编室）
　　　　　+86-22-23332478（邮购部）
网址：http://www.baihuawenyi.com
印刷：天津新华印务有限公司
开本：787 毫米×1092 毫米　　1/32
字数：142 千字
印张：9.375
版次：2012 年 6 月第 1 版
印次：2023 年 4 月第 2 次印刷
定价：65.00元

如有印装质量问题，请与天津新华印务有限公司联系调换
地址：天津东丽开发区五经路 23 号
电话：(022)58160306　邮编：300300

孙犁送给女儿晓玲的书法手迹，乃抄录自曾镇南为孙犁晚年十本小集所作的题诗，其中嵌入了这十本小集的全部书名

一九五八年孙犁在青岛疗养

一九六四年十一月孙犁在保定抱阳山

"文革"前孙犁在寓所窗前

目 录

戏 的 梦

　　大概是一九七二年春天吧,我"解放"已经很久了,但处境还很困难,心情也十分抑郁。于是决心向领导打一报告,要求回故乡"体验生活,准备写作"。幸蒙允准。一担行囊,回到久别的故乡,寄食在一个堂侄家里。乡亲们庆幸我经过这么大的"运动",安然生还,亲戚间也携篮提壶来问。最初一些日子,心里得到不少安慰。

　　这次回老家,实际上是像鲁迅说的,有一种动物,受了伤,并不嗥叫,挣扎着回到林子里,倒下来,慢慢自己去舔那伤口,求得痊愈和平复。

　　老家并没有什么亲人,只有叔父,也八十多岁了。又因为青年时就远离乡土,村子里四十岁以下的人,对我都视若陌生。

　　这个小村庄,以林木著称,四周大道两旁,都是钻天杨,已长成材。此外是大片大片柳杆子地,以经营农具和编织副业。靠近村边,还有一些果木园。

侄子喂着两只山羊,需要青草。烧柴也缺。我每天背上一个柳条大筐,在道旁砍些青草,或是拣些柴棒。有时到滹沱河的大堤上去望望,有时到附近村庄的亲戚家走走。

又听到了那些小鸟叫;又听到了那些秋虫叫;又在柳林里拣到了鸡腿蘑菇;又看到了那些黄色紫色的野花。

一天中午,我从野外回来,侄子告诉我,镇上传来天津电话,要我赶紧回去,电话听不清,说是为了什么剧本的事。

侄子很紧张,他不知大伯又出了什么事。我一听是剧本的事,心里就安定下来,对他说:

"安心吃饭吧,不会有什么变故。剧本,我又没发表过剧本,不会再受批判的。"

"打个电话去问问吗?"侄子问。

"不必了。"我说。

隔了一天,我正送亲戚出来,街上开来一辆吉普车,迎面停住了。车上跳下一个人,是我的组长。他说,来接我回天津,参加创作一个京剧剧本。各地都有"样板戏"了,天津领导也很着急。京剧团原有一个写抗日时期白洋淀的剧本，上不去。因我写过白洋淀，有人推荐了我。

组长在谈话的时候，流露着一种神色，好像是为我庆幸：领导终于想起你来了。老实讲，我没有注意去听这些。剧本上不去找我，我能叫它上去？我能叫它成了样板戏？

但这是命令，按目前形势，它带有半强制的性质。第二天我们就回天津了。

回到机关，当天政工组就通知我，下午市里有首长要来，你不要出门。这一通知，不到半天，向我传达三次。我只好在办公室呆呆坐着。首长没有来。

第二天，工作人员普遍检查身体。内、外科、脑系科，耳鼻喉科，楼上楼下，很费时间。我正在检查内科的时候，组里来人说：市文教组负责同志来了，在办公室等你。我去检查外科，又来说一次，我说还没检查牙。他说快点吧，不能叫负责同志久等。我说，快慢在医生那里，我不能不排队呀。

医生对我的牙齿很夸奖了一番，虽然有一颗已经叫虫子吃断了。医生向旁边几个等着检查的人说：

"你看，这么大的年岁，牙齿还这样整齐，卫生工作一定做得好。运动期间，受冲击也不太大吧？"

"唔。"我不知道牙齿整齐不整齐，和受冲击大小，有何关联，难道都要打落两颗门牙，才称得上脱胎换骨吗？我正惦着楼上有负责同志，另外，嘴在张着，也说不清楚。

回到办公室，组长已经很着急了。我一看，来人有四五位。其中有一个熟人老王，向一位正在翻阅报纸的年轻人那里努努嘴。暗示那就是负责同志。

他们来，也是告诉我参加剧本创作的事。我说，知道了。

过了两天，市里的女文教书记，真的要找我谈话了，只是改了地点，叫我到市委机关去。这当然是隆重大典，我们的主任不放心，亲自陪我去。

在一间不大不小的会议室里，我坐了下来。先进来一位穿军装的，不久女书记进来了。我和她在延安做过邻居，过去很熟，现在地位如此悬殊，我既不便放肆，也不便巴结。她好像也有点矛盾，架子拿得太大，固然不好意思，如果一点架子也不拿，则对于旁观者，起码有失威信。

总之，谈话很简单，希望我帮忙搞搞这个剧本。我说，我没有写过剧本。

"那些样板戏，都看了吗？"她问。

"唔,"我回答。其实,罪该万死,虽然在这些年,样板戏以独霸中夏的势焰,充斥在文、音、美、剧各个方面,直到目前,我还没有正式看过一出、一次。因为我已经有十几年不到剧场去了,我有一个收音机,也常常不开。这些年,我特别节电。

一天晚上,去看那个剧本的试演。见到几位老熟人,也没有谈什么,就进了剧场。剧场灯光暗淡,有人扶持了我。

这是一本写白洋淀抗日斗争的京剧。过去,我是很爱好京剧的,在北京当小职员时,经常节衣缩食,去听富连成小班。有些年,也很喜欢唱。

今晚的印象是:两个多小时,在舞台上,我既没有能见到白洋淀当年抗日的情景,也没有听到我所熟悉的京戏。

这是"京剧革命"的产物。它追求的,好像不是真实地再现历史,也不是忠实地继承京剧的传统,包括唱腔和音乐。它所追求的,是要和样板戏"形似",即模仿"样板"。它的表现特点为:追求电影场面,采取电影手法,追求大的、五光十色的、大轰大闹、大哭大叫的群众场面。它变单纯的音乐为交响乐队,瓦釜雷鸣。它的唱腔,高亢而凄厉,冗长而无味,缺乏真正的感情。演员完全变成了政治口号的传声筒,因此,主角完全是被动的,矫揉造作的,是非常吃力,也非常痛苦的。繁重的唱段,连续的武打,使主角声嘶力竭,假如不是青年,她会不终曲而当场晕倒。

戏剧演完,我记不住整个故事的情节,因为它的情节非常支离;也唤不起我有关抗日战争的回忆,因为它所写的抗日战争,完全不是那么回事,甚至可以说是不着边际。整个戏锣鼓喧天,枪炮齐鸣,人出人进,乱乱哄哄。不知其何以开始,也不知其何以告终。

第二天,在中国大戏院休息室,开座谈会,我准备了一个发言提纲。参加会的人很不少,除去原有创作组,主要演员,剧团负责人,还有文化局负责人,文化口军管负责人。《天津日报》还派去了一位记者。

我坐在那里,斟酌我的发言提纲。忽然,坐在我旁边的文化局负责人,推了我一下。我抬头一看,女书记进来了,全场的人都站了起来,我也跟着站了起来。女书记在我身边坐下,会议开始。

在会上,我谈了对这个戏的印象,说得很缓和,也很真诚。并谈了对修改的意见,详细说明当时冀中区和白洋淀一带,抗日战争的形势,人民斗争的特点,以及敌人对这一地区残酷扫荡的情况。

大概是因为我讲的时间长了一些，别的人没有再讲什么，女书记作了一些指示，就散会了。

后来我才知道，昨天没有人讲话，并不是同意了我的意见。在以后只有创作组人员参加的讨论会上，旧有成员，开始提出了反对意见，并使我感到，这些反对意见，并不纯粹属于创作方面，而是暗示：一、他们为这个剧本，已经付出了很长的时间和很大的精力，如果按照我的主张，他们的剧本就要从根本上推翻。二、不要夺取他们创作样板戏可能得到的功劳。三、我是刚刚受过批判的人物，能算老几。

我从事文艺工作，已经有几十年。所谓名誉，所谓出风头，也算够了。这些年，所遭凌辱，正好与它们抵消。至于把我拉来写唱本，我也认为是修废利旧，并不感到委屈。因此，我对这些富于暗示性的意见，并不感到伤心，也不感到气愤。它使我明白了文艺创作的现状。使我奇怪的是，这个创作组，曾不止一次到白洋淀一带，体验生活，进行访问，并从那里弄来一位当年的游击队长，长期参与他们的创作活动。为什么如此无视抗日战争的历史和现实呢？这位游击队长，战斗英雄，为什么也尸位素餐，不把当年的历史情况和自己的亲身经历,告诉他们呢?

后来我才明白,一些年轻人,一些"文艺革命"战士,只是一心要"革命",一心创造样板,已经迷了心窍,是任何意见也听不进去的。

不知为了什么,军管人员在会上支持我的工作,因此,剧本讨论仍在进行。

这就是目前大为风行的集体创作:每天大家坐在一处开会,今天你提一个方案,明天他提一个方案,互相抵消,一事无成。积年累月,写不出什么东西,就不足为怪了。

夏季的时候,我们到白洋淀去。整个剧团也去,演出现在的剧本。

我们先到新安,后到王家寨,这是淀边上一个比较大的村庄。我住在村南头(也许不准确,因为我到了白洋淀,总是转向,过去就发生过方向错误)一间新盖的、随时可以放眼水淀的、非常干净的小房里。

房东是个老实的庄稼人。他的爱人,比他年轻好多,非常精明。他家有几个女儿,都长得秀丽,又都是编席快手,一家人生活很好。但是,大姑娘已经年近三十,还没有订婚,原因是母亲不愿失去她这一双织席赚钱的巧手。大姑娘终日默默不语。她的处境,我想会慢慢影响下面那几个逐年长大的妹妹。母亲固然精明,这个决策,未免残酷了一点。

在这个村庄,我还认识了一位姓魏的干部。他是专门被派来招呼剧团的,在这一带是有名的"瞎架"。起先,我不知道这个词儿,后来才体会到,就是好摊事管事的人。凡是大些的村庄,要见世面,总离不开这种人。因为村子里的猪只到处跑,苍蝇到处飞,我很快就拉起痢来,他对我照顾得很周到。

住了一程子,我们又到了郭里口。这是淀里边的一个村庄,当时在生产上,好像很有点名气,经常有人参观。

在大队部,村干部为我们举行了招待会,主持会的是村支部宣传委员刘双库。这个小伙子,听说在新华书店工作过几年,很有口才,还有些派头。

当介绍到我,我说要向他学习时,他大声说:"我们现在写的白洋淀,都是从你的书上抄来的。"使我大吃一惊。后来一想,他的话恐怕有所指吧。

当天下午,我们坐船去参观了他们的"围堤造田"。现在,白洋淀的水,已经很浅了,湖面越来越小。芦苇的面积,也有很大缩减,荷花淀的规模,也大不如从前了。正是荷花开放的季节，我们的船从荷丛中穿过去。淀里的水，不像过去那样清澈，水草依然在水里浮荡，水禽不多，鱼也很少了。

确是用大堤围起了一片农场。据说，原是同口陈调元家的苇荡。

实际上是苇荡遭到了破坏。粮食的收成，不一定抵得上苇的收成，围堤造田，不过是个新鲜名词。所费劳力很大，肯定是得不偿失的。

随后，又组织了访问。因为剧本是女主角，所以访问了抗日战争时期的几位妇救会员，其中一位名叫曹真。她已经四十多岁了。她的穿着打扮，还是三十年代式：白夏布短衫，长发用一只卡子束拢，搭在背后。抗日时，她是一位十八九岁的姑娘，在芦苇淀中的救护船上，她曾多次用嘴哺养那些伤员。她的相貌，现在看来，也可以说是冀中平原的漂亮人物，当年可想而知。

她在二十岁时，和一个区干部订婚，家里常常掩护抗日人员。就在这年冬季，敌人抓住了她的丈夫，在冰封的白洋淀上，砍去了他的头颅。她，哭喊着跑去，收回丈夫的尸首掩埋了。她还是做抗日工作。

全国胜利以后，她进入中年，才和这村的一个人结了婚。她和我谈过往事,又说:胜利以后,村里的宗派斗争,一直很厉害,前些年,有二十六名老党员,被开除党籍,包括她在内。现在,她最关心的,是什么时候才能解决她们的组织问题。她知道,我是无能为力的,她是知道这些年来老干部的处境的。但是,她愿意和我谈谈,因为她知道我曾经是抗日战士,并写过这一带的抗日妇女。

在她面前,我深感惭愧。自从我写过几篇关于白洋淀的文章,各地读者都以为我是白洋淀人,其实不是,我的家离这里还很远。

另外,很多读者,都希望我再写一些那样的小说。读者同志们,我向你们抱歉,我实在写不出那样的小说来了。这是为什么?我自己也说不出。我只能说句良心话,我没有了当年写作那些小说时的感情,我不愿用虚假的感情,去欺骗读者。那样,我就对不起坐在对面的曹真同志。她和她的亲人,在抗日战争时期,是流过真正的血和泪的。

这些年来,我见到和听到的,亲身体验到的,甚至刻骨镂心的,是另一种现实,另一种生活。它与抗日战争时期的现实生活,大不一样,甚至相反。抗日战争,是中国共产党领导的一种神圣的战争。人民作出了重大的牺牲。他们的思想、行动升到无比崇高的境界。生活中极其细致的部分,也充满了可歌可泣的高尚情操。

这些年来,林彪等人,这些政治骗子,把我们的党,我们的国家,我们的干部和人民,践踏成了什么样子!他们的所作所为,反映到我脑子里,是虚伪和罪恶。这种东西太多了,它们排挤、压抑,直至销毁我头脑中固有的,真善美的思想和感情。这就像风沙摧毁了花树,粪便污染了河流,鹰枭吞噬了飞鸟。善良的人们,不要再责怪花儿不开、鸟儿不叫吧!它受的伤太重了,它要休养生息,它要重新思考,它要观察气候,它要审视周围。

我重游白洋淀,当然想到了抗日战争。但是这一战争,在我心里好像是很久很久以前的事了。它好像是在前一生经历的,也好像是在昨夜梦中经历的。许多兄弟,在战争中死去了,他们或者要渐渐被人遗忘。另有一部分兄弟,是在前几年含恨死去的,他们临死之前,一定也想到过抗日战争。

世事的变化,常常是出于人们意料之外的。每个时代,有每个时代的血和泪。

坐在我面前的女战士,她的鬓发已经白了,她的脸上,有很深的皱纹,她的心灵之上,有很重的创伤。

假如我把这些感受写成小说,那将是另一种面貌,另一种风格。我不愿意改变我原来的风格,因此,我暂时决定不写小说。

但是现在,我身不由主,我不得不参加这个京剧脚本的讨论。我们回到天津,又讨论了很久,还是没有结果。我想出一个金蝉脱壳之计:自己写一个简单脚本,交上去,声明此外已无能为力。

我对京剧是外行, 又从不礼拜甚至从不理睬那企图支配整个民族文化的"样板戏",剧团当然一字一句也没有采用我的剧本。

一九七九年五月二十五日

书 的 梦

到市场买东西，也不容易。一要身强体壮，二要心胸宽阔。因为种种原因，我足不入市，已经有很多年了。这当然是因为有人帮忙，去购置那些生活用品。夜晚多梦，在梦里却常常进入市场。在喧嚣拥挤的人群中，我无视一切，直奔那卖书的地方。

远远望去，破旧的书床上好像放着几种旧杂志或旧字帖。顾客稀少，主人态度也很和蔼。但到那里定睛一看，却往往令人失望，毫无所得。

按照弗洛伊德的学说，这种梦境，实际上是幼年或青年时代，残存在大脑皮质上的一种印象的再现。

是的,我梦到的常常是农村的集市景象:在小镇的长街上,有很多卖农具的,卖吃食的,其中偶尔有卖旧书的摊贩。或者,在杂乱放在地下的旧货中间,有几本旧书,它们对我最富有诱惑的力量。

这是因为,在童年时代,常常在集市或庙会上,去光顾那些出售小书的摊贩。他们出卖各种石印的小说、唱本。有时,在戏台附近,还会遇到陈列在地下的,可以白白拿走的,宣传耶稣教义的各种圣徒的小传。

在保定上学的时候,天华市场有两家小书铺,出卖一些新书。在大街上,有一种当时叫做"一折八扣"的廉价书,那是新旧内容的书都有的,印刷当然很劣。

有一回,在紫河套的地摊上,买到一部姚鼐编的《古文辞类纂》,是商务印书馆的铅印大字本,花了一圆大洋。这在我是破天荒的慷慨之举,又买了二尺花布,拿到一家裱画铺去做一个书套。但保定大街上,就有商务印书馆的分馆,到里面买一部这种新书,所费也不过如此,才知道上了当。

后来又在紫河套买了一本大字的夏曾佑撰写的《中国历史教科书》(就是后来的《中国古代史》),也是商务排印的大字本,共两册。

最后一次逛紫河套,是一九五三年。我路过保定,远千里同志陪我到"马号"吃了一顿童年时爱吃的小馆,又看了"列国"古迹,然后到紫河套。在一家收旧纸的店铺里,远买了一部石印的《李太白集》。这部书,在远去世后,我在他的夫人于雁军同志那里还看见过。

中学毕业以后,我在北平流浪着。后来,在北平市政府当了一名书记。这个书记,是当时公务人员中最低的职位,专事抄写,是一种雇员,随时可以解职的,每月有二十元薪金。在那里,我第一次见到了旧官场、旧衙门的景象。那地方倒很好,后门正好对着北平图书馆。我正在青年,富于幻想,很不习惯这种职业。我常常到图书馆去看书。到北新桥、西单商场、西四牌楼、宣武门外去逛旧书摊。那时买书,是节衣缩食,所购完全是革命的书。我记得买过六期《文学月报》,五期《北斗》杂志,还有其他一些革命文艺期刊,如《奔流》、《萌芽》、《拓荒者》、《世界文化》等。有时就带上这些刊物去"上衙门"。我住在石驸马大街附近,东太平街天仙庵公寓。那里的一位老工友,见我出门,就如此恭维。好在科里都是一些混饭吃、不读书的人,也没人过问。

我们办公的地方,是在一个小偏院的西房。这个屋子里最高的职位,是一名办事员,姓贺。他的办公桌摆在靠窗的地方,而且也只有他的桌子上有块玻璃板。他的对面也是一位办事员,姓李,好像和市长有些瓜葛,人比较文雅。家就住在府右街,他结婚的时候,我随礼去过。

我的办公桌放在西墙的角落里,其实那只是一张破旧的板桌,根本不是办公用的,桌子上也没有任何文具,只堆放着一些杂物。桌子两旁,放了两条破板凳,我对面坐着一位姓方的青年,是破落户子弟。他写得一手好字,只是染上了严重的嗜好。整天坐在那里打盹,睡醒了就和我开句玩笑。

那位贺办事员,好像是南方人,一上班嘴里的话是不断的,他装出领袖群伦的模样,对谁也不冷淡。他见我好看小说,就说他认识张恨水的内弟。

很久我没有事干,也没人分配给我工作。同屋有位姓石的山东人,为人诚实,他告诉我,这种情况并不好,等科长来考勤,对我很不利。他比较老于官场,他说,这是因为朝中无人的缘故。我那时不知此中的利害,还是把书本摆在那里看。

我们这个科是管市民建筑的。市民要修房建房,必须请这里的技术员,去丈量地基,绘制蓝图,看有没有侵占房基线。然后在窗口那里领照。

我们科的一位股长,是一个胖子,穿着蓝绸长衫,和下僚谈话的时候,老是把一只手托在长衫的前襟下面,作撩袍端带的姿态。他当然不会和我说话的。

有一次,我写了一个请假条寄给他。我虽然看过《酬世大观》,在中学也读过陈子展的《应用文》,高中时的国文老师,还常常把他替要人们拟的公文,发给我们当作教材。但我终于在应用时把"等因奉此"的程式用错了。听姓石的说,股长曾拿到我们屋里,朗诵取笑。股长有一个干儿,并不在我们屋里上班,却常常到我们屋里瞎串。这是一个典型的京华恶少,政界小人。他也好把一只手托在长衫下面,不过他的长衫,不是绸的,而是蓝布,并且旧了。有一天,他又拿那件事开我的玩笑,激怒了我,我当场把他痛骂一顿,他就满脸赔笑地走了。

当时我血气方刚,正是一语不合拔剑而起的时候,更何况初入社会,就到了这样一处地方,满腹怨气,无处发作,就对他来了。

我是由志成中学的体育教师介绍到那里工作的。他是当时北方的体育明星,娶了一位宦门小姐。他的外兄是工务局的局长。所以说,我官职虽小,来头还算可以。不到一年,这位局长下台,再加上其他原因,我也就"另候任用"了。

我被免职以后,同事们照例是在东来顺吃一次火锅,然后到娱乐场所玩玩。和我一同免职的,还有一位家在北平附近的人,脸上有些麻子,忘记了他的姓。他是做外勤的,他的为人和他的破旧自行车上的装备,给人一种商人小贩的印象,失业对他是沉重的打击。走在街上,他悄悄地对我说:

"孙兄,你是公子哥儿吧,怎么你一点也不在乎呀!"

我没有回答。我想说:我的精神支柱是书本,他当然是不能领会的。其实,精神支柱也不可靠,我所以不在意,是因为这个职位,实在不值得留恋。另外,我只身一人,这里没有家口,实在不行,我还可以回老家喝粥去。

和同事们告别以后,我又一个人去逛西单商场的书摊。渴望已久的,鲁迅先生翻译的《死魂灵》一书,已经陈列在那里了。用同事们带来的最后一次薪金,购置了这本名著,高高兴兴回到公寓去了。

第二天清晨,夹着这本书,出西直门,路经海淀,到离北平有五六十里路的黑龙潭,去看望在那里山村小学教书的一个朋友。他是我的同乡,又是中学同学。这人为人热情,对于比他年纪小的同乡同学,情谊很深。到他那里,正是深秋时节,黄叶飘落,潭水清冷,我不断想起曹雪芹在这一带著书的情景。住了两天,我又回到了北平。

我在朝阳大学同学处住几天，又到中国大学同学处住几天。后来,感到肚子有些饿,就写了一首诗,投寄《大公报》的《小公园》副刊。内容是:我要离开这个大城市,回到农村去了。因为我看到:在这里,是一部分人正在输血给另一部分人!

诗被采用,给了五角钱。

整理了一下,在北平一年所得的新书旧书,不过一柳条箱,就回到农村,去教小学了。

我的书籍,一损失于抗日战争之时,已在别一篇文章中略记,一损失于土地改革之时。

我的家庭成分是富农。按照当时党的政策,凡是有人在外参加革命,在政治上稍有照顾。关于书,是属于经济,还是属于政治,这是不好分的。贫农团以为书是钱买来的,这当然也是属于财产,他们就先后拿去了。其实也不看。当时,我们那里的农民,已普遍从八路军那里学会裁纸卷烟。在乡下,纸张较之布片还难得,他们是拿去卷烟了。

这时,我在饶阳县一个小区参加土改工作。大概是冀中区党委所在之地吧,发了一个通知,要各村贫农团,把斗争果实中的书籍,全部上缴小区,由专人负责清查保存。大概因为我是知识分子吧,我们的小区区长,把这个责任交给了我。

书籍也并不太多，堆在一间屋子的地下，而且多是一些古旧破书，可以用来卷烟的已经不多。我因家庭成分不好，又由于"客里空"问题，正在《冀中导报》受到公开批判，谨小慎微，对这些书籍，丝毫不敢染指，全部上缴县委了。

我的受批判，是因为那一篇《新安游记》。是个黄昏，我从端村到新安城墙附近绕了绕，那里地势很洼，有些雾气，我把大街的方向弄错了。回去仓促写了一篇抗日英雄故事，在《冀中导报》发表了，土改时被作为"客里空"典型。

在家乡工作期间，已经没有购买书籍的机会，携带也不方便。如果能遇到书本的话，只是用打游击的方式，走到哪里，就看到哪里。

但也有时得到书。我在蠡县工作时，有一次在县城大集上，从一个地摊上，买到一本商务印书馆出版的，铅印精装的《西厢记》。我带着看了一程子，后来送给蠡县一位书记了。

《冀中导报》在饶阳大张岗设立了一处造纸厂。他们收买一些旧书，用牲口拉的大碾，轧成纸浆。有一间棚子，堆放着旧书。我那时常到这家纸厂吃住。从棚子里，我捡到一本石印的《王圣教》和一本石印的《书谱》。

在河间工作的时候,每逢集日,在一处小树林里,有推着小车贩卖烂纸书本的。有一次,我从车上买到一部初版的《孽海花》。一直保存着,进城后,送给一位新婚燕尔、出国当参赞的同志了。

一九七九年四月

画 的 梦

在绘画一事上，我想，没有比我更笨拙的了。和纸墨打了一辈子交道，也常常在纸上涂抹，直到晚年，所画的小兔、老鼠等等小动物，还是不成样子，更不用说人体了。这是我屡屡思考，不能得到解答的一个谜。

我从小就喜欢画。在农村，多么贫苦的人家，在屋里也总有一点点美术。人天生就是喜欢美的。你走遍多少人家，便可以欣赏到多少形式不同的、零零碎碎，甚至残缺不全的画。那或者是窗户上的一片红纸花，或者是墙壁上的几张连续的故事画，或者是贴在柜上的香烟盒纸片，或者是人已经老了，在青年结婚时，亲朋们所送的麒麟送子"中堂"。

这里没有画廊，没有陈列馆，没有画展。要得到这种大规模的，能饱眼福的欣赏机会，就只有年集。年集就是新年之前的集市。赶年集和赶庙会，是童年时代最令人兴奋的事。在年集上，买完了鞭炮，就可以去看画了。那些小贩，把他们的画张挂在人家的闲院里，或是停放大车的门洞里。看画的人多，买画的人少，他并不见怪，小孩们他也不撵，很有点开展览会的风度。他同时卖神像，例如"天地"、"老爷"、"灶马"之类。神画销路最大，因为这是每家每户都要悬挂供奉的。

我在童年时，所见的画，还都是木板水印，有单张的，有联四的。稍大时，则有了石印画，多是戏剧，把梅兰芳印上去，还有娃娃京戏，精彩多了。等我离开家乡，到了城市，见到的多是所谓月份牌画，印刷技术就更先进了，都是时装大美人儿。

在年集上，一位年岁大的同学，曾经告诉我，你如果去捅一下卖画人的屁股，他就会给你拿出一种叫做"手卷"的秘画，也叫"山西灶马"，好看极了。

我听来，他这些说法，有些不经，也就没有去尝试。

我没有机会欣赏更多的、更高级的美术作品，我所接触的，只能说是民间的、低级的。但是，千家万户的年画，给了我很多知识，使我知道了很多故事，特别是戏曲方面的故事。

后来,我学习文学,从书上,从杂志上,看到一些美术作品。就在我生活最不安定,最困难的时候,我的书箱里,我的案头,我的住室墙壁上,也总有一些画片。它们大多是我从杂志上裁下的。

对于我钦佩的人物,比如托尔斯泰、契诃夫、高尔基,比如鲁迅,比如丁玲同志,比如阮玲玉,我都保存了他们的很多照片或是画像。

进城以后,本来有机会去欣赏一些名画,甚至可以收集一些名人的画了。但是,因为我外行,有些吝啬,又怕和那些古董商人打交道,所以没有做到。有时花很少的钱,在早市买一两张并非名人的画,回家挂两天,厌烦了,就卖给收破烂的,于是这些画就又回到了早市去。

一九六一年,黄胄同志送给我一张画,我托人拿去裱好了,挂在房间里,上面是一个维吾尔少女牵着一匹毛驴,下面还有一头大些的驴,和一头驴驹。一九六二年,我又转请吴作人同志给我画了三头骆驼,一头是近景,两头是远景,题曰大漠。也托人裱好,珍藏起来。

一九六六年,运动一升始,黄胄同志就受到"批判"。

因为他的作品,家喻户晓,他的"罪名",也就妇孺皆知。家里人把画摘下来了。一天,我出去参加学习,机关的造反人员来抄家,一见黄胄的毛驴不在墙上了,就大怒,到处搜索。搜到一张画,展开不到半截,就摔在地下,喊:"黑画有了!"其实,那不是毛驴,而是骆驼,真是驴唇不对马嘴。就这样把吴作人同志画的三头骆驼牵走了,三匹小毛驴仍留在家中。

运动渐渐平息了。我想念过去的一些友人。我写信给好多年不通音讯的彦涵同志,问候他的起居,并请他寄给我一张画。老朋友富于感情,他很快就寄给我那幅有名的木刻《老羊倌》,并题字用章。

我求人为这幅木刻做了一个镜框,悬挂在我的住房的正墙当中。

不久,"四人帮"在北京举办了别有用心的"黑画展览",这是他们继小靳庄之后发动的全国性展览。

机关的一些领导人,要去参观,也通知我去看看,说有车,当天可以回来。

我有十二年没有到北京去了,很长时间也看不到美术作品,就答应了。

在路上停车休息时,同去的我的组长,轻声对我说:"听说彦涵的画展出的不少哩!"我没有答话。他这是知道我房间里挂有彦涵的木刻,对我提出的善意警告。

　　到了北京美术馆门前,真是和当年的小靳庄一样,车水马龙,人山人海。"四人帮"别无能为,但善于巧立名目,用"示众"的方式蛊惑人心。人们像一窝蜂一样往里面拥挤。这种场合,这种气氛,我都不能适应。我进去了五分钟,只是看了看彦涵同志那些作品,就声称头痛,钻到车里去休息了。

　　夜晚,我们从北京赶回来,车外一片黑暗。我默默地想:彦涵同志以其天赋之才,在政治上受压抑多年,这次是应国家需要,出来画些画。他这样努力、认真、精心地工作,是为了对人民有所贡献,有所表现。"四人帮"如此对待艺术家的良心,就是直接侮辱了人民之心。回到家来,我面对着那幅木刻,更觉得它可珍贵了。上面刻的是陕北一带的牧羊老人,他手里抱着一只羊羔,身边站立着一只老山羊。牧羊人的呼吸,与塞外高原的风云相通。

　　这幅木刻,一直悬挂着,并没有摘下。这也是接受了多年的经验教训:过去,我们太怯弱了,太驯服了,这样就助长了那些政治骗子的野心,他们以为人民都是阿斗,可以玩弄于他们的股掌之上。几乎把艺术整个毁灭,也几乎把我们全部葬送。

我是好做梦的,好梦很少,经常是噩梦。有一天夜晚,我梦见我把自己画的一幅画,交给中学时代的美术老师,老师称赞了我,并说要留作成绩,准备展览。

那是一幅很简单的水墨画:秋风败柳,寒蝉附枝。

我很高兴,叹道:我的美术,一直不及格,现在,我也有希望当个画家了。随后又有些害怕,就醒来了。

其实,按照弗洛伊德学说,这不过是一连串零碎意识、印象的偶然的组合,就像万花筒里出现的景象一样。

一九七九年五月

石　子
——病期琐事

　　我幼小的时候，就喜欢石子。有时从耕过的田野里，捡到一块椭圆形的小石子，以为是乌鸦从山里衔回跌落到地下的，因此美其名为"老鸹枕头儿"。

　　那一年在南京，到雨花台买了几块小石子，是赭红色的。

　　那一年到大连，又在海滨装了一袋白色的回来。

　　这两次都匆匆忙忙，对于选择石子，可以说是不得要领。

　　在青岛住了一年有余，因为不喜欢下棋打扑克，不会弹琴跳舞，不能读书作文，唯一的消遣和爱好就是捡石子。时间长了，收藏丰富，有一段时间，居然被病友们目为专家。就连我低头走路，竟也被认为是长期从事搜罗工作养成的习惯，这简直是近于开玩笑了。

然而，人在寂寞无聊之时，爱上或是迷上了什么，那种劲头，也是难以常情理喻的。不但天气晴朗的时候，好在海边溅泥踏水地徘徊寻找，有时刮风下雨，不到海边转转，也好像会有什么损失，就像逛惯了古书店古董铺的人，一天不去，总觉得会交臂失掉了什么宝物一样。钓鱼者的心情，也是如此的。

　　初到青岛，也只是捡些小巧圆滑杂色的小石子。这些小石子养在水里，五颜六色还有些看头，如果一干，则质地粗糙，颜色也消失，算不得什么稀罕之物了。

　　后来在第二浴场发现一种质地细腻，色泽如同美玉的小石子，就加意寻找。这种石子，好像有一定的矿层。在春夏季，海滩积沙厚，没有这种石子。只有在秋冬之季，海水下落，沙积减少，轻涛击岸，才会露出这种蕴藏来。但也很少遇到。当潮水落到一定的地方，沿着水边来回走，看到一点点亮晶晶的苗头，跑过去捡起来，大小不等，有时还残留着一些杂质，像玉之有瑕一样。这种石子一定是包藏在一种岩石之中，经过多年的潮激汐荡，乱石撞击，细沙研磨，才形成现在这种可爱的样式。

　　有时，如果不注意，如果不把眼光放远一点，它略一显露，潮水再一荡，就又会被细沙所掩盖。当潮水猛涨的时候,站在岸边,抢捡石子,这不只拼着衣服溅上很多海水,甚至还有被海水卷入的危险。

有时,不避风雨,不避寒暑,到距离很远的海滩,去寻找这种石子。但也要潮水和季节适当,才有收获。

我的声誉只是鹊起一时,不久就被一位新来的病友的成绩所掩盖。这位同志,采集石子,是不声不响,不约同伴,近于埋头创作地进行,而且走得远,探得深。很快,他的收藏,就以质地形色兼好著称。石子欣赏家都到他那里去了,我的门庭,顿时冷落下来。在评判时,还要我屈居第二,这当然是无可推辞的。我的兴趣还是很高,每天从海滩回来,口袋里总是沉甸甸的,房间里到处是分门别类的石子。

那时我居住在正阳关路一幢绿色的楼房里。为了安静,我选择了三楼那间孤零零的,虽然矮小一些,但光线很好的房子。在正面窗台上,我摆了一个鱼缸,放满了水,养着我最得意的石子。

在二楼住着一位二十年前我教书时的女学生。她很关心我的养病生活,看见我的房子里堆着很多石子,就劝我养海葵花。她很喜欢这种东西,在她的房间里,饲养着两缸。

一天下午,她借了铁钩水桶,带我到海边退潮后的岩石上,去掏取这种动物。她的手还被附着在石面上的小蛤蜊擦破了。回来,她替我倒出了石子,换上海水,养上海葵花。

　　"你喜爱这种东西吗?"她坐下来得意地问。

　　"唔。"

　　"你的生活太单调了,这对养病是很不好的。我对你讲课印象很深,我总是坐在第一排,你不记得了吧?那时我十七岁。"

　　晚上,我一个人坐在灯光下,面对着我的学生为我新陈设的景物,我实在不喜欢这种东西,从捉到养,整个过程,都不能使我发生兴味。它的生活史和生活方式,在我的头脑里,体现了过去和现在的强盗和女妖的全部伎俩和全部形象。我写了一首《海葵赋》。

　　青岛,这是世界上少有的风光绮丽的地方。在过去很长一段时间,祖国美丽富饶的地区,有很多都曾经处在帝国主义的铁蹄蹂躏之下。每逢我站在太平角高大的岩石上,四下眺望,脚下澎湃飞溅的海潮,就会自然地使我联想起这里的悲惨的历史。我的心里总有一种沉痛之感,一种激愤之情。

终于，我把海葵花送给了女弟子，在缸里又养上了石子。这样做的结果，是大大辜负女学生的一番盛情，一番好意了。

离开青岛的时候，我把一些自认为名贵的石子带回家里，尘封日久，不但失去了原有的光彩，就是拿在手里，也不像过去那样滑腻，这是因为上面泛出一种盐质，用水都不容易洗去了。时过境迁，色衰爱弛，我对它们也失去了兴趣，任凭孩子们抛来掷去，想不到当时全心全力寤寐以求的东西，现在却落到了这般光景。

但它们究竟是和我度过了那一段难言的日子，给过我不少的安慰，帮助我把病养得好了一些。古人把药石针砭并称，这说明石子确是养病期中难得的淳朴有益的伴侣。

一九六二年四月

乡里旧闻

梦中每迷还乡路，
愈知晚途念桑梓。

——书衣文录

度 春 荒

我的家乡，邻近一条大河，树木很少，经常旱涝不收。在我幼年时，每年春季，粮食很缺，普通人家都要吃野菜树叶。春天，最早出土的，是一种名叫老鸹锦的野菜，孩子们带着一把小刀，提着小篮，成群结队到野外去，寻觅剜取像铜钱大小的这种野菜的幼苗。

这种野菜，回家用开水一泼，搀上糠面蒸食，很有韧性。

与此同时出土的是锯锯菜,就是那种有很白嫩的根,带一点苦味的野菜。但是这种菜,不能当粮食吃。

以后,田野里的生机多了,野菜的品种,也就多了。有黄须菜,有扫帚苗,都可以吃。春天的麦苗,也可以救急,这是要到人家地里去偷来。

到树叶发芽,孩子们就脱光了脚,在手心吐些唾沫,上到树上去。榆叶和榆钱,是最好的菜。柳芽也很好。在大荒之年,我吃过杨花。就是大叶杨春天抽出的那种穗子一样的花。这种东西,是不得已而吃之,并且很费事,要用水浸好几遍,再上锅蒸,味道是很难闻的。

在春天,田野里跑着无数的孩子们,是为饥饿驱使,也为新的生机驱使,他们漫天漫野地跑着,寻视着,欢笑并打闹,追赶和竞争。

春风吹来,大地苏醒,河水解冻,万物孳生,土地是松软的,把孩子们的脚埋进去,他们仍然欢乐地跑着,并不感到跋涉。

清晨,还有露水,还有霜雪,小手冻得通红,但不久,太阳出来,就感到很暖和,男孩子们都脱去了上衣。

为衣食奔波,而不大感到愁苦,只有童年。

我的童年,虽然也常有兵荒马乱,究竟还没有遇见大灾荒,像我后来从历史书上知道的那样。这一带地方,在历史上,特别是新旧五代史上记载,人民的遭遇是异常悲惨的。因为战争,因为异族的侵略,因为灾荒,一连很多年,在书本上写着:人相食;析骨而焚;易子而食。

　　战争是大灾荒,大瘟疫的根源。饥饿可以使人疯狂,可以使人死亡,可以使人恢复兽性。曾国藩的日记里,有一页记的是太平天国战争时,安徽一带的人肉价目表。我们的民族,经历了比噩梦还可怕的年月!

　　日本帝国主义的侵略,以战养战,三光政策,是很野蛮很残酷的。但是因为共产党记取历史经验,重视农业生产,村里虽然有那么多青年人出去抗日,每年粮食的收成,还是能得到保证。党在这一时期,在农村实行合理负担的政策。地主富农,占有大部分土地,虽然对这种政策,心里有些不满,他们还是积极经营的。抗日期间,我曾住在一家地主家里,他家的大儿子对我说:"你们在前方努力抗日,我们在后方努力碾米。"

　　在八年抗日战争中,我们成功地避免了"大兵之后,必有凶年"的可怕遭遇,保证了抗日战争的胜利。

一九七九年十二月

凤 池 叔

凤池叔就住我家的前邻。在我幼年时,他盖了三间新的砖房。他有一个叔父,名叫老亭。在本地有名的联庄会和英法联军交战时,他伤了一只眼,从前线退了下来,小队英国兵追了下来,使全村遇了一场浩劫,有一名没有来得及逃走的妇女,被鬼子轮奸致死。这位妇女,死后留下了不太好的名声,村中的妇女们说:她本来可以跑出去,可是她想发洋人的财,结果送了命。其实,并不一定是如此的。

老亭受了伤,也没有留下什么英雄的称号,只是从此名字上加了一个字,人们都叫他瞎老亭。

瞎老亭有一处宅院,和凤池叔紧挨着,还有三间土甓北房。他为人很是孤独,从来也不和人们来往。我们住得这样近,我也不记得在幼年时,到他院里玩耍过,更不用说到他的屋子里去了。我对他那三间住房,没有丝毫的印象。

但是,每逢从他那低矮颓破的土院墙旁边走过时,总能看到, 他那不小的院子里, 原是很吸引儿童们的注意的。他的院里,有几棵红枣树,种着几畦瓜菜,有几只鸡跑着,其中那只大红公鸡,特别雄壮而美丽,不住声趾高气扬

37

地啼叫。

瞎老亭总是一个人坐在他的北屋门口。他呆呆地直直地坐着,坏了的一只眼睛紧紧闭着,面容愁惨,好像总在回忆着什么不愉快的事。这种形态,儿童们一见,总是有点害怕的,不敢去接近他。

我特别记得,他的身旁,有一盆夹竹桃,据说这是他最爱惜的东西。这是稀有植物,整个村庄,就他这院里有一棵,也正因为有这一棵,使我很早就认识了这种花树。

村里的人,也很少有人到他那里去。只有他前邻的一个寡妇,常到他那里,并且半公开的,在夜间和他做伴。

这位老年寡妇,毫不隐讳地对妇女们说:

"神仙还救苦救难哩,我就是这样,才和他好的。"

瞎老亭死了以后,凤池叔以亲侄子的资格,继承了他的财产。拆了那三间土墼北房,又添上些钱,在自己的房基上,盖了三间新的砖房。那时,他的母亲还活着。

凤池叔是独生子,他的父亲是怎样一个人,我完全不记得,可能死得很早。凤池叔长得身材高大,仪表非凡,他总是穿着整整齐齐的长袍,步履庄严地走着。我时常想,如果他的运气好,在军队上混事,一定可以带一旅人或一师人。如果是个演员,扮相一定不亚于武生泰斗杨小楼那样威武。

可是他的命运不济。他一直在外村当长工。行行出状元,他是远近知名的长工:不只力气大,农活精,赶车尤其拿手。他赶几套的骡马,总是有条不紊,他从来也不像那些粗劣的驭手,随便鸣鞭、吆喝,以至虐待折磨牲畜。他总是若无其事地把鞭子抱在袖筒里,慢条斯理地抽着烟,不动声色,就完成了驾驭的任务。这一点,是很得地主们的赏识的。

但是,他在哪一家也待不长久,最多二年。这并不是说他犯有那种毛病:一年勤,二年懒,三年就把当家的管。主要是他太傲慢,从不低声下气。另外,车马不讲究他不干,哪一个牲口不出色,不依他换掉,他也不干。另外,活当然干得出色,但也只是大秋大麦之时,其余时间,他好参与赌博,交结妇女。

因此,他常常失业家居。有一年冬天,他在家里闲着,年景又不好,村里的人都知道他没有吃的了,有些本院的长辈,出于怜悯,问他:

"凤池,你吃过饭了吗?"

"吃了!"他大声地回答。

"吃的什么?"

"吃的饺子!"

他从来也不向别人乞求一口饭,并绝对不露出挨饥受饿的样子,也从不偷盗,穿着也从不减退。

到过他的房间的人,知道他是家徒四壁,什么东西也卖光了的。

不知从哪里来了一个女的,藏在他的屋里,最初谁也不知道。一天夜间,这个妇女的本夫带领一些乡人,找到这里,破门而入。凤池叔从炕上跃起,用顶门大棍,把那个本夫,打了个头破血流,一群人慑于威势,大败而归,沿途留下不少血迹。那个妇女也待不住,从此不知下落。

凤池叔不久就卖掉了他那三间北房。土改时,贫民团又把这房分给了他。在他死以前,他又把它卖掉了,才为自己出了一个体面的、虽属光棍但谁都乐于帮忙的殡,了此一生。

一九七九年十二月

干 巴

在这个小小的村庄里,干巴要算是最穷最苦的人了。

他的老婆,前几年,因为产后没吃的死去了,留下了一个小孩。最初,人们都说是个女孩,并说她命硬,一下生就把母亲克死了。过了两三年,干巴对人们说,他的孩子不是女孩,是个男孩,并给他起了个名字,叫小变儿。

干巴好不容易按照男孩子把他养大,这孩子也渐渐能帮助父亲做些事情了。他长得矮弱瘦小,可也能背上一个小筐,到野地里去拾些柴禾和庄稼了。其实,他应该和女孩子们一块去玩耍、工作。他在各方面,都更像一个女孩子。但是,干巴一定叫他到男孩子群里去。男孩子是很淘气的,他们常常跟小变儿起哄,欺侮他:

"来,小变儿,叫我们看看,又变了没有?"

有时就把这孩子逗哭了。这样,他的性情、脾气,在很小的时候,就发生了变态:孤僻,易怒。他总是一个人去玩,到其他孩子不乐意去的地方拾柴、拣庄稼。

这个村庄,每年夏天,好发大水,水撤了,村边一些沟里、坑里,水还满满的。每天中午,孩子们好聚到那里凫水,那是非常高兴和热闹的场面。

每逢小变儿走近那些沟坑,在其中游泳的孩子们,就喊:

"小变儿,脱了裤子下水吧!来,你不敢脱裤子!"

小变儿就默默地离开了那里。但天气实在热,他也实在愿意到水里去洗洗玩玩。有一天,人们都回家吃午饭了,他走到很少有人去的村东窑坑那里,看看四处没有人,脱了衣服跳进去。这个坑的水很深,一下就灭了顶,他喊叫了两声,没有人听见,这个孩子就淹死了。

　　这样,干巴就剩下孤身一人,没有了儿子。

　　他现在什么也没有了,他没有田地,也可以说没有房屋,他那间小屋,是很难叫做房屋的。他怎样生活?他有什么职业呢?

　　冬天,他就卖豆腐,在农村,这几乎可以不要什么本钱。秋天,他到地里拾些黑豆、黄豆,即使他在地头地脑偷一些,人们都知道他寒苦,也都睁一个眼、闭一个眼,不忍去说他。

　　他把这些豆子,做成豆腐,每天早晨挑到街上,敲着梆子,顾客都是拿豆子来换,很快就卖光了。自己吃些豆腐渣,这个冬天,也就过去了。

　　在村里,他还从事一种副业,也可以说是业余的工作。那时代,农村的小孩子,死亡率很高。有的人家,连生五六个,一个也养不活。不用说那些大病症,比如说天花、麻疹、伤寒,可以死人;就是这些病症,比如抽风、盲肠炎、痢疾、百日咳,小孩子得上了,也难逃个活命。

母亲们看着孩子死去了,掉下两点眼泪,就去找干巴,叫他帮忙把孩子埋了去。干巴赶紧放下活计,背上铁铲,来到这家,用一片破炕席或一个破席锅盖,把孩子裹好,夹在腋下,安慰母亲一句:

"他婶子,不要难过。我把他埋得深深的,你放心吧!"

就走到村外去了。

其实,在那些年月,母亲们对死去一个不成年的孩子,也不很伤心,视若平常。因为她们在生活上遇到的苦难太多,孩子们累得她们也够受了。

事情完毕,她们就给干巴送些粮食或破烂衣服去,酬谢他的帮忙。

这种工作,一直到干巴离开人间,成了他的专利。

一九七九年十二月

《善闇室纪年》摘抄

　　一九四四年(三十一岁)返至华北联大教育学院,立即得到通知,明日去延安。

　　次日,领服装上路,每人土靛染浅蓝色粗布单衣裤两身。我去迟,所得上衣为女式。每人背小土布三匹,路上卖钱买菜。

　　行军。最初数日,越走离家乡越远,颇念家人。

　　路经盂县,田间候我于大道。我从机关坚壁衣物处携走田的日本皮大衣一件。

　　我们行军,无敌情时,日六七十里,悠悠荡荡,走几天就休息一天,由打前站的卖去一些土布,买肉改善伙食。

　　至陕西界,风光很好。

　　在绥德休息五天。晋西北军区司令部,设在附近。吕正操同志听说我在这里路过,捎信叫我去。我穿着那样的服装,到他那庄严的司令部做客,并见到了贺龙同志,自己甚觉不雅。我把自己带着的一本线装《孟子》,送给了吕。现在想起来,也觉举动奇怪。

绥德是大山城,好像我们还在那里洗了澡。

清涧县城给我留下了很深的印象。那里的山,是一种青色的、湿润的、平滑的板石构成的。那里的房顶、墙壁、街道,甚至门窗、灶台、炕台、地下,都是用这种青石建筑或铺平的。县城在峭立的高山顶上,清晨黄昏,大西北的太阳照耀着这个山城,确实绮丽壮观。雨后新晴,全城如洗过,那种青色就像国画家用的石青一般沉着。

米脂,在陕北是富庶的地方。县城在黄土高原上,建筑得非常漂亮。城里有四座红漆牌坊,就像北京的四牌楼一样。

我们从敌后来。敌后的县城、城墙,我们拆除了,房屋街道,都遭战争破坏;而此地的环境,还这样完整安静。我躺在米脂的牌坊下,睡了一觉,不知梦到何方。

到了延安,分配到鲁迅艺术文学院,先安置在桥儿沟街上一家骡马店内。一天傍晚,大雨。我们几个教员,坐在临街房子里的地铺上闲话。我说:这里下雨,不会发水。意思是:这里是高原。说话之间,听流水声甚猛,探身外视,则洪水已齐窗台。急携包裹外出,刚刚出户,房已倒塌。仓皇间,听对面山上有人喊:到这边来。遂向山坡奔去。经过骒马店大院时,洪水从大门涌入,正是主流,水位迅猛增高。我被洪水冲倒,弃去衣物,触及一拴马高桩,遂攀登如猿猴焉。大水冲击马桩,并时有梁木、车辕冲过。我怕冲倒木桩,用脚、腿拨开,多处受伤。好在几十分钟,水即过去。不然距延河不到百米,身恐已随大江东去矣。

后听人说,延河边有一石筑戏楼,暑天中午,有二十多人,在戏楼上乘凉歇晌。洪水陡至,整个戏楼连同这些人,漂入延河。到生地方,不先调查地理水文,甚危险也。

水灾后,除一身外,一无所有。颇怨事先没人告诉我们,此街正是山沟的泄水道。次日,到店院寻觅,在一车脚下找到衣包,内有单衣两套。拿到延河边,洗去污泥,尚可穿用。而千里迢迢抱来田间的皮大衣,则已不知被别人捡去,还是冲到延河去了。那根拿了几年的六道木棍,就更没踪影了。

在文学系,名义是研究生。先分在北山阴土窑洞,与公木为邻。后迁居东山一小窑,与鲁藜、邵子南为邻。

一些著名作家,戏剧、音乐、美术专家,在这里见到了。

先在墙报上发表小说《五柳庄纪事》,后在《解放日报》

副刊,发表《荷花淀》、《芦花荡》、《麦收》等。提升教员,改吃小灶,讲《红楼梦》。

生活:窑洞内立四木桩,搭板为床。冬季木炭一大捆,很温暖,敌后未有此福也。

家具:青釉瓷罐一个,可打开水。大沙锅一,可热饭,也有用它洗脸的。水房、食堂,均在山下。经常吃到牛羊肉,主食为糜子。

刚去时,正值大整风以后,学院表面,似很沉寂。原有人员,多照料小孩,或在窑洞前晒太阳。黄昏,常在广场跳舞,鲁艺乐队甚佳。

敌后来了很多人,艺术活动多了。排练《白毛女》,似根据邵子南的故事。

我参加的生产活动:开荒,糊洋火盒。修飞机场时,一顿吃小馒头十四枚。

延安的土布,深蓝色,布质粗而疏,下垂。冬季以羊毛代棉絮,毛滑下坠,肩背皆空。有棉衣,甚少。邓德滋随军南下,相约:在桥儿沟大道上,把他领到的一件棉上衣换给我。敌后同来的女同志,为我织毛袜一双,又用棉褥改小袄一件,得以过冬。

讲课时,与系代主任舒群同志争论。我说《红楼梦》表现的是贾宝玉的人生观。他说是批判贾宝玉的人生观,引书中《西江月》为证。

　　沙可夫同志亦从前方回来,到学院看我,并把我在前方情况,介绍给学院负责人宋侃夫同志。沙见别人都有家眷,而我独处,关怀地问:是否把家眷接来?彼不知无论关山阻隔,小儿女拖累,父母年老,即家庭亦离她不开。

一九七九年

悼念李季同志

已经是春天了,忽然又飘起雪来。十日下午,我一个人正在后面房间,对存放的柴米油盐,作季节性的调度。外面送来了电报。我老眼昏花,脑子迟钝,看到电报纸上李季同志的名字,一刹那间,还以为是他要到天津来,像往常一样,预先通知我一下。

绝没想到,他竟然逝去了。前不久,冯牧同志到舍下,我特别问起他的身体,冯还说:有时不好,工作一忙,反倒好起来了。我当时听了很高兴。

李季同志死于心脏病。诗人患有心脏病,这就是致命所在。患心脏病的人,不一定都是热情人;而热情人最怕得这种病。特别是诗人。诗人的心,本来就比平常的人跳动得快速、急骤、多变、失调。如果自己再不注意控制,原是很危险的。

一九七八年秋季,李季同志亲自到天津来,邀我到北京去参加一个会。我有感于他的热情,不只答应,而且坚持一个星期,把会开了下来。当我刚到旅馆,还没有进入房间,已经是晚上八点多钟了,就听到李季同志在狭窄嘈杂的旅馆走道里,边走边大声说:

　　"我把孙犁请了来,不能叫他守空房啊,我来和他做伴!"

　　他穿着一件又脏又旧的军大衣,右腿好像有了些毛病,但走路很快,谈笑风生。

　　在会议期间,我听了他一次发言。内容我现在忘了,他讲话的神情,却深深印在我的记忆里。他很激动,好像和人争论什么,忽然,他脸色苍白,要倒下去。他吞服了两片药,还是把话讲完了。

　　第二天,他就病了。

　　在会上,他还安排了我的发言。我讲得很短,开头就对他进行规劝。我说,大激动、大悲哀、大兴奋、大欢乐,都是对身体不利的。但不如此,又何以作诗?

　　在我离京的前一天晚上,他还带病到食堂和我告别,我又以注意身体为赠言。

　　这竟成最后一别。李季同志是死于工作繁重,易动感情的。

李季同志的诗作《王贵与李香香》，开一代诗风，改编为唱词剧本，家喻户晓，可以说是不朽之作。他开辟的这一条路，不能说后继无人，但没有人能超越他。他后来写的很多诗，虽也影响很大，但究竟不能与这一处女作相比拟。这不足为怪，是有很多原因，也可以说是有很多条件使然的。

《王贵与李香香》，绝不是单纯的陕北民歌的编排，而是李季的创作，在文学史上，这是完全新的东西，是长篇乐府。这也绝不是单凭采风所能形成的，它包括集中了的时代精神和深刻的社会面貌。李季幼年参加革命，在根据地，是真正与当地群众，血肉相连，呼吸相通的。是认真地研究了民间文学的内容和形式的。他不是天生之才，而是地造之才，是大地和人民之子。

很多年来，他主要是担任文艺行政工作，而且逐渐提级，越来越繁重。这对工作来说，自然是需要，是不得已；对文艺来说，总是一个损失。当然，各行各业，都要有领导，并且需要精通业务的人去领导。不过，实践也证明，长期以来，把作家放在行政岗位，常常是得个偿失的。当然，这也只是一种估计。李季同志，是能做行政工作，成绩显著，颇孚众望的。在文艺界，号称郭、李。郭就是郭小川同志。

据我看来，无论是小川，还是李季同志，他们的领导行政，究竟还是一种诗人的领导，或者说是天才的领导。他们出任领导，并不一定是想，把自己的"道"或"志"，布行于天下。只是当别人都推托不愿干时，担负起这个任务来。而诗人气质不好改，有时还是容易感情用事。适时应变的才干，究竟有限。

因为文艺行政工作，是很难做好，使得人人满意的。作家、诗人，自己虽无领导才干，也无领导兴趣，却常常苛求于人，评头论足。热心人一旦参加领导行列，又多遇理论是非之争，欲罢不能，愈卷愈脱不出身来，更无法进行创作。当然也有人，拿红铅笔，打电话惯了，尝到了行政的甜头，也就不愿再去从事那种消耗神经，煎熬心血，常常是费力不讨好的创作了。如果一帆风顺，这些人也就正式改行，从文途走上仕途。有时不顺利，也许就又弃官重操旧业。这都是正常现象。

李季做得还算够好的，难能可贵的。他的特点是，心怀比较开朗，少畛域观念，十分热情，能够团结人，在诗这一文艺领域里，有他自己广泛的影响。

自得噩耗,感情抑郁,心区也时时感到压迫和疼痛。为了驱赶这种悲伤,我想回忆一下同李季在青年时期的交往。

可惜,我同他是在五十年代初期,一次集体出国时,才真正熟起来。那时,我已经是中年了。对于出国之行,我既没有兴趣,并感到非常劳累。那种紧张,我曾比之于抗日战争时期的反扫荡。特别是一早起,团部传出:服装、礼节等等应注意事项。起床、盥洗、用饭,都很紧迫。我生性疏懒,动作迟缓,越紧张越慌乱。而李季同志,能从容不迫,好整以暇。他能利用蹲马桶时间:刷牙,刮脸,穿袜子,结鞋带。有一天,忽然通知:一律西服。我却不会结领带,早早起来,面对镜子,正在为难之际,李季同志忽然推门进来,衣冠楚楚,笑着说:

"怎么样,我就知道你弄不好这个。"

然后熟练地代我结好了,就像在战争时代,替一个新兵打好背包一样。

人之相知,贵相知心。对于李季同志,我不敢说是相知,更不敢说是知己。但他对于我,有一点最值得感念,就是他深深知道我的缺点和弱点。我一向不怕别人小知道我的长处,因为这是无足轻重的。我最担心的是别人不知道我的短处,因为这就谈不上真正的了解。在国外,有时不外出参观,他会把旅馆的房门一关,向同伴们提议:请孙犁唱一段京戏。在这个代表团里,好像我是唯一能唱京戏的人。

每逢有人要我唱京戏,我就兴奋起来,也随之而激动起来。李季又说:

"不要激动,你把脸对着窗外。"

他如此郑重其事,真是欣赏我的唱腔吗?人要有自知之明,直到现在我也不敢这样相信。他不过是看着我,终日一言不发,落落寡合,找机会叫我高兴一下,大家也跟着欢笑一场而已。

他是完全出于真诚的,正像他前年要我去开会时说的:

"非我来,你是不肯出山的!"

难道他这是访求山野草泽,志在举逸民吗?他不过是要我出去活动活动,与多年不见面的朋友们会会而已。

在会上,他又说:

"你不常参加这种场合,人家不知道你是什么观点,讲一讲吧。"

也是这个道理。

他是了解我的,了解我当时的思想、感情的,他是真正关心我的。

他有一颗坚强的心,他对工作是兢兢业业的,对创作是孜孜不倦的。他有一颗热烈的心,对同志,是视如手足,亲如兄弟的。他所有的,是一颗诗人的赤子之心,天真无邪之心。这是他幼年参加革命时的初心,是他从根据地的烽烟炮火里带来的。因此,我可以说,他的这颗心从来没有变过,也是永远不会停止跳动的。

一九八〇年三月十四日

夜　思

　　最近为张冠伦同志开追悼会,我只送了一个花圈,没有去。近几年来,凡是为老朋友开追悼会,我都没有参加。知道我的身体、精神情况的死者家属,都能理解原谅,事后,还都带着后生晚辈,来看望我。这种情景,常常使我热泪盈眶。

　　这次也同样。张冠伦同志的家属又来了,他的儿子和孙子,还有他的妻妹。

　　一进门,这位白发的老太太就说:

　　"你还记得我吗?"

　　"呵,要是走在街上……"我确实一时想不起来,只好嗫嚅着回答。

　　"常智,你还记得吧?"

　　"这就记起来了,这就记起来了!"我兴奋起来,热情地招扶她坐下。

她是常智同志的爱人。一九四二年,我在山地华北联大高中班教书时,常智是数学教员。一九四三年冬,我们在繁峙高山上,坚持了整整三个月的反扫荡。第二年初,刚刚下得山来,就奉命做去延安的准备。

我在出发前一天的晚上,忽然听说常智的媳妇来了,我也赶去看了看。那时她正在青春,又是通过敌占区过来,穿着鲜艳,容貌美丽。我们当时都惋惜,我们当时所住的,山地农民家的柴草棚子,床上连张席子也没有,怎样来留住这样花朵般的客人。女客人恐怕还没吃晚饭,我们也没有开水,只是从老乡那里买了些红枣,来招待她。

第二天,当我们站队出发时,她居然也换上我们新发的那种月白色土布服装,和女学生们站在一起,跟随我们出发了。一路上,她很能耐劳苦,走得很好。她是冀中平原的地主家庭出身吧,从小娇生惯养,这已经很不容易了。

比翼而飞,对常智来说,老婆赶来,一同赴圣地,这该是很幸福的了。但在当时,同事们并不很羡慕他。当时确实顾不上这些,以为是累赘。

这些同事,按照当时社会风习,都已结婚,但因为家庭、孩子的拖累,是不能都带家眷的,虽然大家并不是不思念家乡的。

这样，我们就一同到了延安，她同常智在那里学自然科学。现在常智同她在武汉工作，也谈了谈这些年来经历的坎坷。

至于张冠伦同志，则是我一九四五年抗日战争结束后，回到冀中认识的。当时，杨循同志是《冀中导报》的秘书长，我常常到他那里食宿，因此也认识了他手下的人马。在他领导下，报社有一个供销社，还有一个造纸厂，张冠伦同志是厂长。

纸厂设在饶阳县张岗。张冠伦同志是一位热情、厚道的人，在外表上又像农民又像商人，又像知识分子，三者优点兼而有之，所以很能和我接近。我那时四下游击，也常到他的纸厂住宿吃饭。管理伙食的是张翔同志。

他的纸厂是一个土纸厂，专供《冀中导报》用。在一家大场院里，设有两盘高大的石碾，用骡拉。收来的烂纸旧书，堆放在场院西南方向的一间大厦子里。

我对破书烂纸最有兴趣，每次到那里，我都要蹲在厦子里，刨拣一番。我记得在那里我曾得到一本石印的《王圣教》和一本石印的《书谱》。

解放战争后期，是在河间吧，张冠伦同志当了冀中邮政局的负责人。他告诉我，土改时各县交上的书，堆放在他们的仓库里面。我高兴地去看了看，书倒不少，只是残缺不全。我只拣了几本亚东印的小说，都是半部。

　　这次来访的张冠伦的儿子，已经四十多岁了，他说：

　　"在张岗，我上小学，是孙伯伯带去的。"

　　这可能是在土改期间。那时，我们的工作组驻在张岗，我和小学的校长、教师都很熟。

　　土改期间，我因为家庭成分，又因为所谓"客里空"问题，在报纸上受过批判，在工作组并不负重要责任，有点像后来的靠边站。土改会议后，我冒着风雪，到了张岗。我先到理发店，把长头发剪了去。理发店胖胖的女老板很是奇怪，不明白我当时剪去这一团烦恼丝的心情。后来我又在集市上，买了一双大草鞋，向房东老大娘要了两块破毡条垫在里面，穿在脚下，每天蹒跚漫步于冰冻泥泞的张岗大街之上，和那里的农民，建立了非常难能可贵的情谊。

　　农村风俗淳厚，对我并不歧视。同志之间，更没有像后来的所谓划清界限之说。我在张岗的半年时间里，每逢纸厂请客、过集日吃好的，张冠伦同志，总是把我叫去解馋。

　　现在想来，那时的同志关系，也不过如此。我觉得这样也就可以了,留下的印象是很深的,值得追念的。进城以后,相互之间的印象,就淡漠了。文化大革命期间,我们的命运大致相同。他后来死去了。

看到有这么多好同志死去,不知为何,我忽然感慨起来:在那些年月,我没有贴出一张揭发检举老战友的大字报,这要感谢造反派对我的宽容。他们也明白:我足不出户,从我这里确实挖不出什么新的材料。我也不想使自己舒服一些,去向造反派投递那种卖友求荣的小报告,也不曾向我曾经认识的当时非常煊赫的权威,新贵,请求他们的援助与哀怜,我觉得那都是可耻的,没有用处的。

我忍受自己在劫的种种苦难,只是按部就班地写我自己的检查,写得也很少很慢。现在,有些文艺评论家,赞美我在文字上惜墨如金。在当时却不是这样,因为我每天只交一张字大行稀的交代材料,屡遭管理人的大声责骂,并扯着那一页稿纸,当场示众。后来干脆把我单独隔离,面前放一马蹄表,计时索字。

古人说,一死一生,乃见交情。其实,这是不够的。又说,使生者死,死者复生,大家相见,能无愧于心,能不脸红就好了。朋友之道,此似近之。我对朋友,能做到这一点吗?

我相信,我的大多数朋友,对我是这样做了。

我曾告诉我的孩子们:

"你们看见了,我因为身体不好,不能去参加朋友们的追悼会,等我死后,人家不来,你们也不要难过。朋友之交,不在形式。"

新近,和《文艺报》的记者谈了一次话,很快就收到一封青年读者来信,责难我不愿回忆和不愿意写文化大革命的事,是一种推诿。文章是难以写得周全的,果真是如此吗?我的身体、精神的条件,这位远地的青年,是不能完全了解的。我也想到,对于事物,认识相同,因为年纪和当时处境的差异,有些感受和想法,也不会完全相似的。很多老年人,受害最深,但很少接触这一重大主题,我是能够理解的。我也理解,接触这一主题最多的青年同志们的良好用心。

但是,年老者逐渐凋谢,年少者有待成熟,这一历史事件在文学史上的完整而准确的反映,恐怕还需要一段时间吧?

一九八〇年一月三十日夜有所思,凌晨起床写讫

琴 和 箫

　　去年,我回到冀中区腹地的第三天,就托了一个可靠的人到河间青龙桥去打听那两个孩子的消息。过了一个星期,送信人回来说,她姐妹两个在今年春天就参加了分区的剧社,姐姐已经登台演奏过,妹妹也会跳舞。社长很喜欢她们。抚养她们的衰老的外祖父,也带给我一封用旧账篇写的信,谢过我的费心,好像很愉快。在信的末尾他又想起死去的姑爷,久不通音讯的女儿……泪痕还可以辨认。但是那总的感情,我看出来,老人是很振奋的。

　　这老人也是个音乐爱好者。直到今天他还领导着本村的音乐队。他钟爱自己独生的女儿,和钟爱他那笙笛胡琴一样。他竭力供给女儿上学,并且鼓励她要和一个音乐能手结婚,哪怕是一个穷光蛋,只要十个手指能够拨弄好丝弦,两片嘴唇能吹好竹管。这样我那朋友钱智修就入选了。

　　接到老人的信，我也长出一口气，这代表我自己，也代表我那死去的朋友。这样他可以瞑目了。而我也像那老人了却一件挂心事一样，甚至不想去看看她们。我想她们既是入了这个园地，就会有人浇灌培养，热情和关照不会比我差。人多，伙伴多，一定比我还要周到。算来，大的孩子已经十三岁，小的是十一岁了。

　　我同她们的父亲虽然是同乡，但是在抗战刚开始，家乡正在混乱的时候才搅熟了。那时候，我闷在家里得不到什么消息就常到他那里去，一去就谈上半天，不到天晚不回家。在那些时候，我要求几次，他才肯把挂在墙上的旧南胡，拉去布套，为我，在他也许是为他自己，奏几支曲子。在那些时候，女人总是把一个孩子交到我的怀里，从床头上拉出一支黑色的竹箫来吹。我的朋友望着他那双膝间的胡琴筒，女人却凝视着丈夫的脸，眼睛睁得很大，有神采随着音韵飘出来。她那脸虽然很严肃，但我详细观察了，总觉得在她的心里和在那个男人的心里，有一种共同的东西在交流。女人的脸变化很多，但总叫微笑笼罩着。

　　他们之间，看来已经养成这样一种习惯，女人与其和丈夫诉说什么，是宁可拉过箫来对丈夫吹一支曲了的。丈夫也能在这中国古老的乐器的音节里了解到爱人的要求和心情。这样把生活推演下去。但是,过去的二十八年里,他们的生活如同我的生活一样,是很少有任情奔放的时候。现在,生活才像拔去了水闸的河渠一样,开始激流了。所以,我的友人不愿意再去拉那只能引起旧日苦闷的回忆的胡琴。

不久,他就参加了那风起云涌一样的游击队。女人却留在家里一个时期,因为还有两个孩子,就是现在我说的大菱和二菱。那个女人比起我的朋友来,更沉默些,但关于她的孩子的事,是很爱谈论的。就在那些时候,我去拜访他们,也常从孩子的病说到奶的不够用,说到以后的日子。她很少和我谈音乐上的事,因为我虽然常自称很懂得音乐并且也非常爱音乐,她总不相信。她说一个人爱什么早就应该学习了,早就应该会唱会奏了,不会唱不会奏,那就是不爱。

有一次,我指着怀里的大孩子说:

"你说大菱爱好音乐么?"

"爱!"

"她也不会唱不会演奏啊。"

"好,这么大人和孩子比。"

我也觉得这孩子将来能够继承父母的爱好，也能吹唱。她虽然才八岁，当母亲吹箫的时候，她就很安静，眼里也有像她母亲那样的光辉放射出来了。

　　那母亲说的，爱好什么就该去做什么。不久，她就同丈夫一同到军队里去了。把孩子送到河间的年老的父亲那里去。大菱爱好音乐不久也证明了，那时已经丧失了南胡的演奏者，孩子们还不能即刻去射击，但也知道爱好复仇的战争了。

　　敌人进攻我们的县城，我的朋友同他的部队在离县城十五里地的沙滩迎击，受伤殒命。那时正是春天。孩子们的母亲赶回来，把他埋葬了。在我看来，这样一个丈夫对她是不能失去，失去就不能再有，甚至连她也就失去了生活的主持，在心里失去了主张。她把孩子们接来，又到家里整理了一下我的朋友的遗物。她和我商议，把大菱交给我看管，她带着二菱去。因为孩子们要受教育了。临走，她把那个布满灰尘的南胡给我们留下，她和二菱带走了箫。我想箫对她或者有用。至于胡琴只是在第一个夜晚，大菱从梦里醒来，哭着叫妈的时候，我扯去布套，拉了几声，哄她上床去睡。

　　等到大菱和我熟惯了以后，一天夜晚，或者是什么中

65

秋节日,我给她讲了一个故事,虽然说在教育心理学上,我不应该用这样的撕裂人的心肺的悲哀的故事,去刺那样稚小的孩子的心灵,但我终于讲完了。我努力看进她的眼睛,当看到从那小眼睛里逐渐升起了怨恨的火,我才抱起她到临街的窗前。

"珂叔叔,你把爹的南胡放到哪里了?"

孩子找到了南胡。我帮她定好弦,安放在她那小膝盖上,孩子就也望着那胡琴筒开始演奏了,但那声音简直是泣不成声,我支持不住自己,转过身去,探身窗外,月色多么皎洁,天空多么清冷啊!

冬天,母亲带了二菱来看我们。母亲已经能够镇静,只是当从包裹里拿出一双白色的小鞋给大菱换上的时候,她才哭了。

我叫大菱拉南胡给母亲听。母亲大大惊异地望着我,半天没说出话来。当她又从包裹里拉出那支箫来,交给二菱,那九岁的孩子就慢慢地送到微微突起的嘴边去,我才知道她为什么那样惊异了。但我想,只是这样来叫孩子们纪念父亲吗?

这一次,母亲又把二菱强留给我,说是要到延安去了。箫交在二菱的手里。那时,村庄后面就是一条河。我常带她们到河边去,讲一些事情给她们听。我说人宁可以像一棵水里的鸡头米,先刺那无礼的人一手血,不要像荷花那样顺从,并且拿美丽的花朵来诱人采撷。两个孩子高兴听我讲,我也愿意她们完全愉快。有时甚至感觉,虽然我不到三十岁,在这上面,已经有些唠叨了!

不久,我只得把她们又送到河间去,因为我要到别处去工作。

今年五月,敌人调集了有四五万兵力,说要用"拉网战术"消灭我们。我用了三个夜晚的时间,跳过敌人在滹沱河岸的封锁,沙河的封锁,走过一条条的白色蛇皮一样的汽车路,在炮楼前面踱过去。我想,叫敌人去拉滹沱河和沙河里的鱼吧,我可是提着驳壳枪在他们身边走过来了。每逢在雨露寒冷的夜间踏上一条汽车路,我就想:敌人像一个愚呆恶毒的蜘蛛,妄想用那个肚子里拉出来的脆弱的残网,绞杀有五年幸福生活的人民和有五年战斗历史的子弟兵吗?我看见敌人那些炮楼在夜色里摇摇欲倾,因为它们没有根底。

我们又在白洋淀里集合了。已经是秋初,稻子比往年分外好,漫天漫野的沉重低垂的稻穗。在出坝上走过,稻穗扫着我的腿,我就像每逢跳到那些交通沟里一样,觉到振奋了。

我重新看见了那无底洞一样的苇地,一丈多高的苇子全吐出荻花,到处有苇喳子鸟的噪叫,我们那些把裤脚卷得高高的,不分昼夜在泥泞里转动,战斗的士兵们,静静地机警地在那里面出没,简直没有声响,苇叶划破他们的脸皮,蔓延的草绊住了腿脚,他们轻轻地把它挪开了。

一个夜晚,我和一个专摆渡游击战士的船夫约好,到淀北边一个偏僻的小庄子上去,我顺着羊肠小道摸到了泊船的处所,对好口令、暗号,跳了上去。借助星光和经验,我知道那是一只以前放鱼鹰捉鱼的尖底的小艇,只能坐两三个人。我倒坐在艇的前面,船夫站在后尾上撑起篙来。

船夫默默地拨弄着小艇前进,离了岸到水浑处就加快起来。十几天来,在炮火毒气里工作,已经使我十分的神经质,身体的各部分受到一个近似枪炮呼喊的声音,就立时反应动作起来,每一条神经像多日因为焦躁失眠的人一样,简直容纳不了什么刺激,对什么刺激,也立刻会有本能的抵抗。现在坐在船上了,眼前是一片茫茫的水,船划过荷茎菱叶,嚓嚓地响,潮气浸到眼皮上来,却更有

些清醒了。我开始想到这也是和大菱二菱旧游之地,现在淀不是闲游处所,我们就要在这里和敌人决战了。我忽然小声问:

"同志,你这是只鹰船吧?"

"是啊!"他的声音更小。

"白天还放鹰吗?"

"看事。有了抗日的事儿,别的全二五眼!"

"鱼还多吗?"

"多个屁,鬼子一来,人间百物全都晦气,鱼鹰,他们看见了全要抢去杀掉,捉鱼儿弄屁!"

他即刻制止了我说话,他用篙尖敲了敲我,连船划水的声音全寂然了。一会,我看见在西边远处,一个火亮一闪,就是一梭机枪。

"我们的队伍。"他低低地讲了一句。

当船将要靠近北岸的时候,他告诉我说:

"就在这个地方,"他用篙触一触一个久已作废的渔人撒网站立的棚台架,"两个女孩子死得好惨。"

他说过,身子很像就站不稳,船也摇摆起来,他继续说:

"同志,我也是五十岁的人了,也伤过几个儿女,可是没比这一次伤了我的老心。她们，就坐着我的船啊。刚上船来，你没见过那股欢喜劲儿，她们大的也不过十三四岁，那小的也就有十岁，还有像你这样一个同志带领她们。一上船那大孩子就说：可不怕了，在这里我们就不怕他们。你知道，那些孩子也是和我们一样，在敌人的炮火里爬过来跳过去啊。那孩子说了就趴在船帮上洗了一个脸，把一个多月小脸上带着的烟火气汗土，眼上的泥污，全洗了个干净。那带她们的大同志还说不要洗脸，战斗没完啊，那孩子不管，把头发也洗了洗。我没见过那样俊气的孩子，我看见了这样可爱的孩子，我就忘去了我那死去的孩子了。我也高兴，就说洗吧，咱们不怕他们。可是就在这个地方，没提防岸上那片苇地里一小队鬼子跑出来，就用机枪向我们扫射，那大同志把那个小女孩子拉到自己怀里，卧倒下去，他是第一个死的，当我赶紧拨转船想跑，那大女孩子就直栽到水里去了，临死我还看见她那新洗过的俊气的脸，就是我这老没死的倒钻到水里逃了命。"

我听下去，无数我认识的孩子们的脸就一一出现在眼前，我检阅着她们，我也一一检阅自己的心、志气。我在孩子们的脸上，像那老渔人的话，我只看见了一股新鲜的俊气，这俊气就是我的生命的依据。从此，我才知道自己的心,自己的志气对她们是负着一个什么样誓言的约束,我每天要怎样在这些俊气的面孔前面受到检查。

那老船夫最后一篙把船撑到岸上,临别他又说一句:

"就为了这两个孩子,我也要干到底啊!"

我在岸上停了一刻,看见他急转回船去,箭似的走了。我再看看那久已作废的渔人撒网站立的棚台架,但已经不能辨认,我从那茫茫的一片水里像看见了大菱和二菱。

我走向那约定工作的小庄子上去,我甚至忘记了那附在我裸露的腿上像马蝇一样厉害的蚊虻,我不是设想那殉了难的就是大菱姐妹,那也许是她们,也许不是她们,但那对我是一样,对谁也是一样,像那老船夫说的。

当然,我想起那些死去的同志和死去的那朋友。但是这些回忆抵不过目前的斗争现实。我想,我不是靠过去的回忆活着,我是靠眼前的现实活着。我们的眼前是敌人又杀死了我的同志们,朋友们的孩子。我们眼前是一个新局面,我们将从这个局面上,扫除掉一切哀痛的回忆了。

我,整天就在那一个小庄子上工作,一股力随时来到我的心里。无数花彩来到我的眼前。晚间休息下来的时候,我遥望着那漫天的芦苇,我知道那是一个大帐幕,力量将从其中升起。忽然,我也想起在一个黄昏,不知道是在山里或是平原,远远看见一片深红的舞台幕布,飘卷在晚风里。人们集齐的时候,那上面第一会出现两个穿绿军装的女孩子,一个人拉南胡,一个人吹箫,演奏给人们听。

一九四二年八月二十五日晨

第一个洞

蠡县××庄的治安员杨开泰，今年虽只二十五岁，看来,已像三十几岁的人了。那一带环境十分残酷,他的面色,因为长期睡眠不足,显得很干枯。眼里布满红丝,那每一条红丝里,就有一个焦虑,一个决心。从前年起,××庄的形势就变了,在它周围,敌人的据点远的有八里,近的只有二里。杨开泰愤然地对人说:"好,敌人蚕食使我们的任务加重了。我要把精神提高,把自己变成两个人,要叫我的精神,也增加生产!"

从此,他就很少睡觉了。他是一个贫农,有个和他年岁相当、相亲相爱的老婆。老婆看见丈夫的脸渐渐黄瘦起来,常常为他担心,每天在饭食上加些油水,劝他早些睡觉。杨开泰说:"现在不是睡觉的时候了。就是敌人不出动,我躺在被窝里,想到围在身边有那么些碉堡,有那么多敌人在计算我们,我就焦躁起来了。你熬不住先睡去。"

区里的干部,有时夜间来,他们选定了在杨开泰家里开会。这不是因为他家里有高墙大院,可以防身,而是因为他们信任杨开泰这个人。深夜,杨开泰到村西头的堤上去,正是初冬,柳枝被霜雪冻干了,风吹过来,枯枝飘落。几个区干部,跟在杨开泰后面,默默地,放轻脚步,走回家去。

开过几次会了。杨开泰的脸上越发干枯,眼里的红丝也越加多了。只有他知道,敌人的特务,已经钻进村里来。在一天夜里,他从屋里走出来,猛一抬头,屋檐上伏着一个人,立时不见了。又过了两天,他清晨起来,开开板门,看见道路扫得非常干净,这样,只要有人走过,就可以辨认出几个人和去的方向。又过几天,他看见有人在路上划了许多密密的横线,有人走过时,可以清清楚楚地看出来。再过两天,他在一个夜间发现大门的铁链上,系着一条黑线,一推门线就断了。

他看到这一切,明白了一切。不只为他自己担心,他更为这些区干部担心。敌人可以包围他的家,逮捕区干部……他细心地侦察着,他迅速地通知区干部,不要到他家里来了。

一天,吃过晚饭,他对老婆说:

"不要等我了,我要到外边开会去。"

老婆就一个人先睡了。直到第二天吃早饭的时候,杨开泰才走回来,他很劳累,脸上有汗迹。老婆说:

"你看,又和谁争吵来,脸红脖子粗的。"

杨开泰只是笑了笑。

这一天吃了晚饭,他又对老婆说:

"不要等我了,我要到外边开会去。"

老婆只是撅了一下嘴,就先睡了。

这样一天、两天、三天、四天。杨开泰没进屋睡一夜觉。早饭一熟,他就带着一身疲乏,红着脸,还有些气喘回来了。第五天早上,他照例笑着问:

"饭做好了?"

他老婆坐在灶火前,垂着头,用草棍画着地,没言语。

他又问:

"今天叫我吃什么?我看你该叫我吃点好东西了。"

女人突然站起来,站起得过猛了,手扶在屋门框上。脸上挂着泪水,两只眼睛红桃儿一样。她怒气冲冲,急口说:

"好,你该吃好东西了!你费了劲了!你夜里背了篓了!

你该补一补了,你泄了阳气了!"

杨开泰也就火了,说:

"你这是干什么? 你!"

老婆狠狠地望了他一眼,到里屋去,趴到炕上哭起来,嘴里数道着:

"不知道叫哪个浪女人缠住了,十天八天地不在家里睡,还有脸跟我要好的吃。你不知家里水没有人给我担,柴没有人给我抱,火没有人给我烧呀……"

杨开泰才明白老婆为什么生气了。他劝着,安慰着说:

"结婚已经快五年了,看你还不信任我?"

"我不信任你! 你十天八天不进我的屋,你夜里出去,回来就瞧你累成那个样子,……我的命苦啊!"

"你的命苦,我的也不甜。可是甜的时候总得来,这就先得把苦的时候打发走。你算瞎疑心了,我不是和你说过,是出去开会吗?"

女人坐起来,擦一擦眼泪说:

"你去哄三岁的孩子吧,你去哄那些傻子吧。我问了青救会杨秃,他说这几天就没见过你。"

杨开泰还想解释解释,可是因为过于疲劳,他又睡着了。女人坐在他身边,哭泣,伤心;伤心,哭泣。

黄昏又来了。平原的村庄,把黄昏看成是一天的年节一样。孩子们从家里跑出来,满街上跑跑跳跳,把白天闭上的嘴张开,把往日可以尽情唱的歌儿唱起。女人们,也站到门口来望望。黄昏很短,一时晚饭熟了,家家先后插上门,以后又吹熄了灯。

杨开泰默默地吃过晚饭,他向老婆告假,说:

"好,我听你的话,今晚不出去了,一定在家里睡。只是我要到后院里去转转,一时就回来。"

"好吧。"老婆回答说。

杨开泰走出来,天已经很黑了,屋里的灯光,只能照明窗前一片地。

他向后院里走去,进了那间破旧的磨棚。他擦着一根火柴,石磨用四根木头支架着,他丢了火柴,钻到磨下面去,不见了。

"你给我出来!"他的老婆立在磨台一边喊。原来她偷偷跟在杨开泰后面,看他是不是从后院跳墙过去。她一见丈夫在磨下面,要借土遁逃走,大吃一惊,跺着脚,"你给我出来,你这个贼兔子,你又想哄我。你出来不出来?我喊到街上去!"

"咳,咳,你嚷什么?"杨开泰赶紧从磨台下面钻出来,老婆赶紧擦着一根火柴,把灯点着,她恐怕丈夫趁黑影里逃跑。

杨开泰满身是土,他低声对老婆说:

"既然叫你看见了,我就告诉你。你以为我每天出去玩乐去了,却不知道每天夜里,我一个人在这里掘洞。整整掘了五夜,才成功了。我下去看了看,里面可以盛四五个人。以后,我们就不必提心吊胆,可以在这里面开会了。"

说完,他走回去,把一块木板放下来,又把堆起的土粪铺在上面,就没有了丝毫的痕迹。

灯心吸足了植物油,爆炸着,女人的疑心去了。她看见丈夫那干枯的脸,充满血丝的眼睛,和那因为完成了一件大事,兴奋快活的神气,她也笑了。像八月十五的月,一片乌云从它身边飘过,月儿显得更俊秀了。花儿避免夜晚的冷露,合起它的花瓣,在朝阳照射下,它翻然开放……

"你个贼兔子!"她也低声地,害羞地说,"你还不信任我啊。"

…………

从此以后,地洞、地道就流传开了。而且在不断地改进着。什么"七巧连环洞","观音莲台洞"……花样翻新,无奇不有。而这"第一个洞"的创造的故事，也就随着洞的传播而传播着。

一九四三年五月

婚　姻

　　大马庄是个镇店地方。村西头有一对青年,女的叫如意,男的叫宝年。

　　宝年和如意不是一姓一家,住的却是前后紧邻,宝年的爹,打了一辈子短工,就有这一个孩子,从小又死了娘,可是赶上八路军过来了,也就叫他上了几年学,高小毕业,在村里担任着民兵,今年二十岁了。

　　这小青年长得皮色不算白,眼气却非常好,嘴头能说,在大会场上发个言, 在小组会上当个主席什么的谁也比不了。

　　如意要比他小两岁,个儿不算高,却发育得匀称圆实,全村的青年妇女, 谁也没有她那一脑袋乌黑油亮的头发和整齐洁白的牙齿。

　　如意的母亲也还在年轻,至多不过三十六岁。她是十四岁上就卖给大木僧做媳妇的。大木僧比她大三十岁，并不是一个富户，扛了多半辈子长工，变成了一个半傻，不会说一句话，不肯花一个钱，只知道蹲在地里做活。刚过门，如意的母亲曾经跑回娘家去跳了一次井，父亲把她打捞上来，带着浑身泥水就又拖到婆家去。不久就怀上了如意。因为跳井过猛，她的左眼角上直到现在还留着一块长长的伤疤，使得她那美丽的眼睛在注意看人的时候，增加了不少的悲凄。

自从八路军来，如意也参加了妇女自卫队，还当了几天指导员，从小和宝年一块长大，现在又常在一块开会上区，接近就更多了。女孩子们不愿在家里抱柴烧火，洗碗刷锅，愿意在外边开会。她们的会，总是一开就开到夜深，灯碗里的油烧干了，还要在黑影里玩一会，才宣布散会回家，说定明天早来。如意又常常请她宝年哥来讲讲话，帮她们排排操什么的。

那时四周围全是日本鬼子的炮楼据点，这些少年男女们走向生活的第一步，就是战争。他们要协同站岗放哨，游击转移，他们要在露天地里过夜，要汗泡流水地奔逃，有时就一直顺着村边的沙河滩，跑到十几里以外的大注里。

战争使人们忘记了祖宗的封建礼法。他们在炎热的河滩上找不到一棵歇凉的树,用浑浊的河水解渴,烧熟山药豆角会餐。正午,男孩子们跳到河里去洗澡,女孩子们替他们洗好衣裳,晒在沙堆上,然后把他们赶到远处去,自己也坐在河里洗洗身上的泥汗。

有时在无边的高粱地里,用高粱秸和衣服支架成一个小窝棚,用豆棵做被褥,睡在里面。有时共同钻到那阴暗潮湿的地洞里,紧紧靠在一起,大气也不敢出,互相听着心头怦怦的跳动。

无论在河滩上,在高粱地里,在地洞里,都有不少的安慰,鼓励,相互仗胆和相互救护。爱情在一种特殊残酷的环境里,以一种非常热烈的状态形成了。打走鬼子做夫妻,这好像是不成问题的。

打败鬼子,拆除了炮楼。农民们拉回砖来修补烧毁的房屋墙院,填沟平路,再种上庄稼。宝年和如意的事情反倒遇见了阻碍。

经过八年的真正血和火的锻炼,农民并不能完全断绝了自私自利。为了分买拆炮楼的砖瓦,东西两头,结成宗派,尖锐地对立起来。

东头宗派的头领是村长。村长的祖父是一个小地主,又在村里开着一座熟药铺,没事的时候,好坐在大梢门底下看看《三国》。这老头儿很会享福,大马庄头一个穿夏布的是他,也只有他家有一张帆布的躺椅。村长从小学会吹弹歌唱,每到正月里,就在临街的大门口挂起雪亮的灯笼,纠合村中好热闹的子弟,吹唱一出《藏舟》。

事变以前,家境就衰落了,他跑出去混了几年军界,抗战前一二年就在家里歇了。抗战这几年,因为他有些军事经验,特别是一手好外场,很得区县干部的器重,和敌人打过几次仗,也真有些韬略胆量。虽说上级知道他作风不好,却也敬重他的能为,特别在那样残酷的环境里,也只能信任多于检查,鼓励多于批评的。

村长喜好势派铺张,他原有一处住宅,房屋倒塌了不少,他干脆就让给哥哥居住,自己在东头村外那所场院里,种上一些花果树木,圈起高高的围墙,打算再盖上几间新式的砖房。

这时正赶上拆除村里的炮楼,又在村长任上,他就贱贱地买了一些砖瓦,分派人们给打了几垛坯墼,在大秋头上就兴起工来,动员了全村的人马车辆,给他拉砖送土。

村里人反对,西头反对得更厉害,因为如意当着指导员,有机会人们就向她耳朵里吹风:

"什么便宜事,也没咱西头的了!"

"难道咱这一头就没个能行的人吗?"

"咱们如意,就说是个妇女吧,可也是村里的一个主要干部啊!就不敢给他提提意见?"

如意少年气盛,就在会议上,和村长争吵了几次。村中越闹越不和,区上派来一个干部,是刚在村里犯了错误,调到区上的。因为沾着点亲戚,就住在村长的家里了。

不知怎么一下就反起淫乱来,先撤销了宝年的民兵,下了枪。晚上,村长站在新房顶上,用大喇叭向西头宣布了戒严,就去传如意。

如意放下饭碗就来了。

村长和年轻的区干部躺在炕上,守着灯抽烟。如意一进门就说:

"深更半夜,叫我来有什么事?"

区干部说:

"有点事,群众反映,你和宝年有男女关系!同志,你老老实实坦白一下吧。"

如意说:

"我没什么可坦白的!"

村长说:

"你没什么可坦白的？你和宝年的关系到底怎样？"

"关系不错！"如意说。

"这不结了么！"村长很得意，"你们俩感情怎样？"

"感情很好！"如意说。

"坦白，坦白，"区干部也笑了，"你同他是不是在搞恋爱？"

如意气愤愤地说：

"你们有什么权力问我这些？"

"有什么权力？"区干部从炕上坐起来，"我是上级，你破坏了党在群众间的威信，你的错误大多着呢，你好好反省吧！"

"大街影壁上的双十纲领，不是明明写着男女婚姻自由自主吗？"如意问。

"那是去年的黄历，现在的中心工作是反淫乱！"村长拍着桌子说。然后拿出一张纸来，叫如意打手印承认错误，如意坚决不打，区干部就下令把她看押起来。

第二天，才把如意放出来，派一个民兵送她回家，怕她跑了。

这天大集。天气这样热，因为在秋头上，赶集的人还是很多，如意愿意从村子外面绕回家去，民兵却非要在大街上走。

街道两旁一车一车的大西瓜，一堆一堆的牛腿酥大菜瓜，谢花甜大香瓜，好像不要钱似的，都在争着卖。过了瓜果市就是菜市，无非是茄子豆角，秋黄瓜西葫芦，蒜薹已经过时，白毛冬瓜刚刚上市；还有一两处豆腐脑棚，三四辆猪肉车子。

再过去就是布市、线子市，妇女们挤挤吵吵地做买卖，一看见如意就都跑了过来，又不敢挨近了，走走停停，推推挤挤，民兵大声吆喝着：

"不要挤，这有什么看头！一个人就把你们的市夺了！嘻嘻！"

在毒辣的太阳光下面，如意低着头。她望望野外，在那里到处是成熟了的庄稼，一切都开放着花，结着粒实。

她的脸红一阵白一阵，她的眼睛在一闪一闪地起着火，有一种力量在上面浇着冷水，又有一种力量从中助长煽动。

路过老娘门口的时候，她那年老的外祖父，正从井里打上一桶水饮牛，如意走上去，低声说：

"姥爷，不要把水泼了，我喝口水！"

老头儿把水桶提的离开井口很远,支架着两只手,气喘喘地说:

"孩子,你可不能再寻短见。"

回到家里,如意趴在炕上痛哭了一场。她很想去找找宝年,可是又不愿意到街上去。"不要自己限制自己",她在心里斗争着。等到天黑,她偷偷走出大门来,又往两旁张望一下,就跑到宝年家里。她满想一进院就可以见到宝年的,谁知道只有宝年的父亲一个人坐在院里抽烟,老人一听见脚步声就回过头来问:

"谁?"

"是我,大伯!"如意低声说。

"如意呀!"老头子把脸掉回去,用烟袋敲着地下说:"如意,你往后还是少往我们家里跑吧。我也不叫宝年再沾你家的门边。你想想,你们闹的这叫什么?十八九的大闺女上堂下界,还叫人家关了一宿,谁的脸上也不光彩!咱两家,几辈子了,一点不好也没有,这么一闹,我实在觉得对不起你爹和你娘!"

如意说:

"这是我们两个的事,碍着你们老一辈了吗?再说,我们两个好,你们老一辈也就显着更好,怎么倒说对不起我的爹娘呢!"

老人唉声叹气,又骂宝年。如意在院里站了一会,看不见宝年的影子,只好回到家里来。

躺在炕上,蚊子臭虫又多,老是睡不着,母亲说:

"你这是干什么,不安生睡觉,这么翻来覆去地吵人!"

"娘!"如意凑近母亲脸说,"怎么看不见宝年了?"

"你不要提他!"母亲大声说,"没皮没脸!"

"我们有什么过错呀,娘!"如意说,"莫非要弄成像你一样……"

母亲没有言语。

从这以后,虽说住的是前后邻,如意很少见到宝年了。她常常在吃过晚饭,天大黑了的时候,借口关门,到门外站站;或是在中午人们歇晌的时候,提起那个小小的红瓦罐站到井台上去打水,慢慢地提上一罐水,拉拉着长长的绳子走回家来,可是几次都没得遇见他。

天旱了,如意从鸡叫头遍就背上水斗子到菜园里去,天亮以前要把头遍水浇完。她望着村头起宝年家的小土屋,她希望能在田野里见到他。她看见宝年的爹背着锄从家里走出来了。

太阳上来了,四外的庄稼全低下了头,她用全身的力量浇着,喝了多少冷水,就出了多少汗。在太阳平西的时候,她才看见宝年从家里走出来,手里提着一把小镰,肩上背着一个大柴草筐。

宝年往这里望了一眼,随后锁上门,却向很远的地方走去。在谷地里串游着砍芦草,绕了一个大圈子,才从一块高粱地里,冲她这里钻过来。

如意在水池子里洗洗脚登上鞋,她那年老痴呆的父亲正蹲在园子的东南角,捉拿烟叶上的毛虫。她走过去说:

"爹!你累了,早些家去吧。摘着几个茄子,拔上几棵葱,叫娘早些做饭,我饿了!"

老人抱着菜回家去了,宝年走出来,坐在井边那几棵望日莲下面,如意站在辘轳旁边,说:

"怎么老见不着你的面,我们的事到底怎么办?"

"弄成这个样子,"宝年拔着垄沟边的小草,"很觉着对不起你!"

"你要真心和我好,就什么也不要怕!"如意昂着头说。

"群众也跟着瞎嚷嚷哩!"宝年说。

"他们高兴嚷嚷就叫他们嚷嚷到底!" 如意说,"以后我们也不要藏藏躲躲。那样就显得是他们对了,我们认了错似的。明天,我们到县里去说理,我就不信抗战八年多,换不来个婚姻自由!你同意不?"

"我当然同意,"宝年笑了,"你这样好心待我,我的勇气就来了!"

他说着从草筐里翻出一个花皮大甜瓜来, 托在手掌上叫如意看。

"哪里来的这个?"如意问。

"是我锄头遍地留下的一棵瓜秧,二遍地我打了尖,压上蔓,想不到这么几天,就结了这么大的一个瓜。熟透了,你闻闻,又香又甜,真正的蛤蟆酥!"

用小镰把瓜分成两半,把开花的那头,递给如意。

一九五〇年六月天津

烈士陵园

烈士们长眠在名山之下
萧萧的白杨伸延在陵道两边
大理石纪念塔高出云表
一只苍鹰在塔的上空盘旋

本来是要写一首诗，来献给陵园的。激动了的情感忍受不了韵脚的限制和束缚，还是改写散文吧。

这一带地方，确是形胜之地。山区的果树和平原的庄稼，今年都获丰收。陵园西边的山路上，正有大队的毛驴、驮骡，负载着新收的柿子、红果，到山脚下的收购站去。驴骡踏在石路上的杂乱的蹄声，以及赶牲口的人们的吆喝声，都给天高气爽季节的陵园，增加了充沛旺盛的生命力量。热情高涨的妇女运输队来来往往的歌声和欢笑，更带来丰收季节的鼓舞欢腾。我想，长眠在地下的烈士们有知，也会为这一带——即他们生前艰苦缔造的地方——人民的斗志昂扬，生活幸福，感到安慰和高兴的。

这里的幸福生活，确是和烈士们分不开的，是有血肉的关联的。是他们生前所关心，也是死后所不能忘怀的。

这一地区之所以称为名胜，并不在于像县志或山志上所介绍的：山上有奇松，山中间有怪石，山下有泉水。因为据我所知，像阜平那一带的大黑山，虽然不以名胜著称，也有这样的石头，也有这样的泉水，我们的战士也曾经在那里往返周绕，爬上爬下，有八年之久。这里之所以称为名山，当然也不在于那些毁坏了的帝王宫殿，以及与之有关的舍利宝塔和僧尼庵寺。

是因为：这里有艰苦的回忆，有革命的传统，有当前奋发图强的生产热情。人民已经解除了帝国主义和封建主义所强加给他们的无穷灾难，人民的生活，已经富裕和幸福。——今天的阜平，当然也是这样。

单从衣食住行上看，人民的生活已经和抗日期间有了很大的变化。在这里，再也看不见那时山区常见的：夏天，在炎日下上身赤露，下边还穿着破棉裤，冬季在寒风里，穿一件光板破羊皮袄的农民形象。现在农民的服装，即使走到大城市，也还是整齐漂亮的。大部分住宅，已经改建成新瓦房，地势背风而向阳。在吃的方面，也不会再有一大缸一大缸的烂酸菜或是树叶。在运输上，山下的公路已经修通，山上的公路也正在计划。一到天晚，家家户户，电灯明亮，收音机放送着幸福的、革命的歌声。

这一切都会传送到陵园里来。而陵园也正在把它的声音传送到各个地方去。陵园主任一年三百六十日，都在向前来瞻仰的战士、学生作报告，实际上是一种活的教育，生动的阶级教育。

一天清晨，我看见有一个团的战士在陵园前面集合。我们的战士，不只武器精良，而且军容齐整，雄姿英发。我们的战斗机，在陵园上空，轰轰飞过。这一切，烈士们是会看见、听到的。他们会想起他们作战时所用的简陋武器，所受的敌人飞机轰炸的欺侮，为祖国的强大感到安慰。

是的，经历越多，联想也就越丰富。我随同一队小学生在陵园的陈列室，瞻仰烈士们的遗容，一个小学生对他的老师提出了这样一个问题：

"他们为什么都这样年轻？"

从那些年轻、英俊、坚定的遗容上看，很多烈士和站在他们面前的小学生，好像就是并肩的兄弟和姐妹。在壮烈牺牲时,他们有的十七八岁,有的二十一二岁。现在这样年岁的青年,正在幸福地受到党和人民的关怀和教育。

从烈士们的传略上可以看到,即使他们这样年轻,他们生前已经是久经考验、识见远大、立场坚定,对革命忠心耿耿。

我不知道那位严肃的老师怎样解答。我从陵园走出来,这个问题一直在我的脑际回绕。

很多烈士在中学、师范甚至小学,就接受了党所传播的革命思想。然后,他们回到家乡,或是在穷乡僻壤的小学校里教书, 他们又向贫苦的农民和他们的子弟传播了这种思想。这就是星火燎原。在旧社会,到处是饥寒贫困、到处是阶级压迫,因此也就到处是易燃的干柴燥草。革命之火,一触即发。随即卷起革命的风暴,这些烈士投身、领导在这风暴烈火之中。

他们有的爱好文学。而当时革命的报刊、书籍,传播得很少也很困难。他们看不到革命的戏剧电影,听不到革命的广播。但他们顽强地接受了党的教育,并奋不顾身地传播了党的思想。

这样看来,他们并不是生而知之,也不完全是时代使然,而是党深入教育的结果。他们革命的坚决意志,是值得我们学习和发扬的。

夜晚,我回到陵园的招待所,管理员对我说,白天来了两位烈属,从我的房间搬走了一床多余的铺盖。

烈属是母女两人,就住在我的隔壁,她们低声絮语,一夜好像没有睡觉。我想,她们来到这里,恐怕是不容易入睡的。第二天,她们很早起来,就动身回家了。

母亲在路上,还要讲述父亲或是兄长的故事给那年轻的女孩子听吧。

但愿这故事,能叫全体青年人都听到。

> 这里的风声泉水声,
> 都在传送着烈士的遗言遗志!
> 这里的花树果树,
> 都染有烈士们的无限的恩泽和革命的感情!

一九六五年九月

文学和生活的路

——同《文艺报》记者谈话

    《文艺报》编辑部希望我谈谈如何艺术地反映生活，谈谈有关艺术规律方面的一些问题。我没有资格谈这个问题。我在创作上成就很小，写的东西很少。这些年，在理论问题上，思考的也很少。但是，《文艺报》编辑部的热情难却。另外，我想到，不管怎么样，我从十几岁就学习文学，还可以说一直没有间断，现在已经快七十岁了，总还有些经验。这些经验也有成功的，也有失败的，失败的比较多，对青年同志们可能有些用处。所以我还是不自量力地来谈谈这个问题。

    我感觉《文艺报》这个题目："如何艺术地反映生活"，是指文学作品的艺术性。一部作品，艺术的成就，不是一个技巧问题。假如是一个技巧问题，开传习所，就可以解决了。根据历史上的情况，艺术这个东西，父不能传其子，夫不能传其妻,甚至师不能传其徒。当然,也不是很绝对的,也有父子相承的,也有兄弟都是作家的。这里面不一定是个传授问题,可能有个共同环境的问题。文学和表演艺术不同,表演艺术究竟有个程式,程式是可以模拟的。文学这个东西不能模拟,模拟程式,那就是抄袭,不能成为创作。我的想法,艺术性问题,至少包括三个方面:一是生活的阅历和积累,生活的经历是最主要的;第二是思想修养;第三是文艺修养。我下面就这三个问题漫谈,没有什么系统,谈到哪儿算哪儿。

生活的阅历和积累,不是专凭主观愿望可以有的。人的遭遇不是他自身可以决定的。拿我个人来说,我就没有想到我一生的经历,会是这个样子。在青年的时候,我的想法和现在不一样。所以过去有人说:青年的时候是信书的,到老年信命。我有时就信命运。命运可以说是客观的规律,不是什么唯心的东西。我们生活在这个世界上,是受这个客观世界,受时代推动的。学生时代我想考邮政局,结果愿望没达到,我就去教书。后来赶上抗日战争,我才从事文学工作,一直到现在。就是说生活经历不是凭个人愿望,我要什么经历就有什么经历,不是那样的。从事文学,也不完全是写你自己的生活。生活不足,可以去调查研究,可以去体验。

说到思想修养,这对创作、对艺术性来说,就很重要。什么叫艺术性?既然不是技巧问题,那就有个思想问题。你作品中的思想,究竟达到什么高度,究竟达到什么境界,是不是高的境界,这都可以去比较,什么东西一比较就可以看出来。文学艺术,需要比较崇高的思想,比较崇高的境界,没有这个,谈艺术很困难。很多伟大的作家、作品,它的思想境界都是很高的。它的思想,就包含在它所表现的那个生活境界里面。思想不是架空的,不是说你想亮一个什么思想,你想在作品里表现一个什么思想,它是通过艺术、通过生活表现出来的,那才是真正的作品的思想高度和思想境界。

第三是文艺修养。我感觉到现在有一些青年人,在艺术修养这方面,功夫还是比较差,有的可以说差得很多。我曾经这样想过,"五四"以来,中国的大作家,他们读书的情况,是我们不能比的。我们这一代,比起鲁迅、郭沫若、茅盾、巴金、郁达夫,比起他们读书,非常惭愧。他们在幼年就读过好多书,而且精通外国文,不止一种。后来又一直读书,古今中外,无所不通,渊博得很。他们这种读书的习惯,可以说启自童年,迄于白发。我们可以看看《鲁迅日记》。我逐字逐句地看过两遍。我觉得是很有兴趣的一部书。我曾经按着日记后面的书账,自己也买了些书。他读书非常多。《鲁迅日记》所记的这些书,是鲁迅在北京做官时买的。他幼年读书的情况,见于周作人的日记,那也是非常渊博的。又如郁达夫,在日本时读了一千多种小说,这是我们不可想象的。现在我们读书都非常少,读书很少,要求自己作品艺术性高,相当困难。借鉴的东西非常少,眼界非常不开阔,没有见过很好的东西,不能取法乎上。只是读一些报纸、刊物上的作品,本来那个就不高,就等而下之。最近各个地方办了读书班,我觉得是非常好、非常及时的一种措施。把一些能写东西的青年集中起来让他们读书。我们现在经验还不足,还要慢慢积累一些经验。前几天石家庄办了个读书班,里面有个学生,来信问我读书的方法。我告诉他,你是不是利用这个时间,多读一些外国作品,外国作品里面的古典作品。你发现你对哪一个作家有兴趣,哪个作家合你的脾胃,和你气质相当,可以大量地、全部地读他的作品。大作家,多大的作家也是一样,他不能网罗所有的读者,不能使所有的读者,都拜倒在他的名下。有的人就是不喜欢他。比如短篇小说:莫泊桑、都德,我也知道他们的短篇小说好,我也读过一些,特别是莫泊桑,他那短篇小说,是最规格的短篇小说,无懈可击的。但是我不那么爱好莫泊桑的短篇小说,我喜欢普希金、契诃夫、梅里美、高尔基的短篇小说。我感觉到普希金的短篇小说和契诃夫的短篇小说,合乎我的气质,合乎我的脾胃。在这些小说里面,可以看到更多的热烈的感情、境界。屠格涅夫的长篇小说,我都读过,我非常喜爱。他的长篇小说,是真正的长篇小说,规格的,无懈可击。它的写法,它的开头和结尾,故事的进行,我非常爱好。但我不大喜欢他的短篇小说《猎人笔记》,虽然那么有名。这不是说,你不喜欢它就不好。每个读者,他的气质,他的爱好,不是每个人都一样。你喜欢的,你就多读一些;不喜欢的,就少读一点。中国的当然也应该读。中国短篇小说很多,但是我想,中国旧的短篇小说,好好读一本《唐宋传奇》,好好读一本《今古奇观》,读一本《宋人平话》,一本《聊斋志异》就可以了。平话有好几部:有《五代史平话》、《三藏取经诗话》、《宋人平话》、《三国志平话》。我觉得《宋人平话》最好。我劝青年同志多读一点外国作品,我们不能闭关自守。"五四"新文学所以能发展得那么快,声势那么大,就是因为那时候,介绍进来的外国作品多。不然就不会有"五四"运动,不会有新的文学。我们现在也是这样。我主张多读一些外国古典东西。我觉得书(中国书也是这样),越古的越有价值,这倒不是信而好古,泥古不化。一部作品,经过几百年、几千年考验,能够流传到现在,当然是好作品。现在的作品,还没有经过时间的考验和淘汰,好坏很难以说。所以我主张多读外国的古典作品,当然近代好的也要读。

我们在青年的时候,学习文艺,主张文艺是为人生的,鲁迅当时也是这样主张的。在青年, 甚至在幼年的时候,我就感到文艺这个东西,应该是为人生的,应该使生活美好、进步、幸福的。为了达到这个目的,你的作品要为人生服务, 必须作艺术方面的努力。那时有一个对立的口号:为艺术而艺术。大家当时反对为艺术而艺术。但是,为人生的艺术,不能完全排斥为艺术而艺术。你不为艺术而艺术,也就没有艺术,达不到为人生的目的。你想要为人生,你那个作品,就必须有艺术,你同时也得为艺术而努力。

现在,大家都在谈文艺和政治的关系。我在读高中的时候,读了《政治经济学批判序言》,也读过《唯物论与经验批判论》和《费尔巴哈论纲》。华汉著的《社会科学概论》,是作为一门正式课程, 在课堂上讲的。我们的老师好列表。为了帮助学生们理解,关于辩证法他是这样画的:正——反——合。合,就是合定的否定。经济基础,一条直线上去,

101

是政治、法律,又一条直线上去,是文学艺术,也叫意识形态。直到现在还是这个印象。文艺和政治不是拉在一条平行线上的。鲁迅一九二六——一九二七年在广州看到了当时的政治和文艺情况,他写了好几篇谈文艺与政治的文章,我觉得应该好好读。他在文章里谈到,"政治先行,文艺后变"。意思是说,政治可以决定文艺,不是说文艺可以决定政治。我有个通俗的想法。什么是文艺和政治的关系?我这么想,既然是政治,国家的大法和功令,它必然作用于人民的现实生活,非常广泛、深远。文艺不是要反映现实生活吗?自然也要反映政治在现实生活里面的作用、所收到的效果。这样,文艺就反映了政治。政治已经在生活中起了作用,使生活发生了变化,你去反映现实生活,自然就反映出政治。政治已经到生活里面去了,你才能有艺术的表现。不是说那个政治还在文件上,甚至还在会议上,你那里已经出来作品了,你已经反映政治了。你反映的那是什么政治?我同韩映山他们讲,我写作品离政治远一点,也是这个意思,不是说脱离政治。政治作为一个概念的时候,你不能做艺术上的表现,等它渗入到群众的生活,再根据这个生活写出作品。当然作家的思想立场,也反映在作品里,这个就是它的政治倾向。一部作品有了艺术性,才有思想性,思想融化在艺术的感染力量之中。那种所谓紧跟政治,赶浪头的写法,是写不出好作品的。

写大跃进的时候,你写那么大的红薯,稻谷那么大的产量,钢铁那么大的数目,登在报上。很快就饿死了人,你就不写了,你的作品就是谎言。文艺和政治的关系,表现在哪里?

中国古代好多学者,他们的坚毅精神,求实的精神,对人民、对时代、对后代负责的精神,很值得我们学习。这里我想谈一些学术家们的情况。司马迁、班固、王充,他们的工作条件都是很困难的,当时的处境也不是很好的,但都写出了这样富有科学性的、对人民负责的作品。还有一个叫刘知几,他有一部《史通》。我很爱读这部书,文字非常锋利。他不怕权威。多么大的权威,他都可以批判,司马迁、班固,他都可以指责。他不是无理取闹。他对史学很有修养,他不能成为国家正式的修史人员,他把自己的学术,作为一家之言来写。文字非常漂亮,说理透彻。司马光的《资治通鉴》,是非常令人佩服的,当时没有读者,给谁看,谁都不爱看。他把这么长的历史事实,用干支联系起来。多么大的科学!李时珍的《本草纲目》,就不用说这部著作大的方面的学术价值,我举两个小例子,就可以说明这个人非常实事求是，非常尊重科学。对于人参的功能，历代说法不一，李时珍把两种说法并列在这一条目之下，使人对人参，有全面的知识。又如灵芝，这是一种了不起的药，一种非常名贵的药。但李时珍贬低这种药，说它一钱不值，长在粪土之上，怎么能医治疾病？我不懂医学，他经过多年观察，多年实践，觉得灵芝不像人们所吹嘘的那样，我就非常佩服他。王夫之写了那么多著作，如《读通鉴论》，从秦一直写到宋，每个皇帝都写了好多，那么多道理，那么多事实，事实和道理结合起来，写得那么透彻，发人深省。他的工作条件更坏，住在深山里，怕有人捉他。他写了《船山遗书》。我们的文学想搞一点名堂出来，在古人面前，我们是非常惭愧的。我们没有这种坚毅不拔的精神，我们缺乏这种科学的态度，我们缺乏对人民对后代负责的精神。中国的文学艺术和中国的历史著作是分不开的。历史著作，给中国文学开辟了道路。《左传》、《史记》、《汉书》，它们不完全是历史，还为文学开辟了道路。司马迁的《史记》在人物的刻画上，有性格，有语言，有情节。他写了刘邦、项羽，那样大的人物，里面没有一句空洞的话，没有把他们作为神来描写，完全当作一个平凡的人，从他们起事到当皇帝，实事求是。这对中国的文学创作有很大的影响，究竟一个人物怎么写，司马迁的方法，是科学的方法。我主张青年同志，多读一些历史书，不要光读文学书。

我最近给《散文》月刊写《耕堂读书记》，下面一个题目本来想写《汉书·苏武传》。《苏武传》写得非常好，他写苏武，写李陵，都非常入情入理。李陵对苏武的谈话，苏武的回答，经过很高的艺术提炼。李陵对苏武说的，都是最能打动苏武的话，但是苏武不为他的话所诱惑，这已经是写得非常好了。现在我们讲解这篇作品，讲完了以后，总得说班固写这个《苏武传》，或者苏武对李陵的态度，是受时代的局限，要我们批判地去看。我觉得这都是多余的话。每一个人都受时代的局限，我们现在也有时代的局限性，这样讲就是一种时代的局限性。假如班固不按他那个"局限性"，而按我们的"局限性"去写《苏武传》，我敢说，《苏武传》就一点价值也没有了，也不会流传到现在。我们不要这样去要求古人，我们的读者，难道不知那是汉朝的故事？

我们应该总结我们在文学创作上的反面经验。这比正面的经验，恐怕起的作用还要大些。多年以来，在创作上，有很多反面的经验教训。我们总结反面经验教训，是为了什么？就是教我们青年人，更忠实于现实，求得我们的艺术有生命力,不要投机取巧,不要赶浪头,要下一番苦功夫。蒲松龄说,"书痴"的文章必"工","艺痴"的工艺必"良"。这是经验之谈。蒲松龄为写《聊斋》,做了很多的准备工作。《蒲松龄文集》可以说是写《聊斋》的准备,下了多大的苦功!我们要养成认真思考,认真读书,认真修改稿件的习惯。我觉得我别的长处没有,在修改稿件上,可以说是下苦功的。一篇短稿改来改去,我是能够背过的。哪个地方改了个标点,改了个字,我是能记得的。长篇小说每一章,当时我是能背下来的。在发表以前,我是看若干遍的;在发表之后,我还要看,这也许有点孤芳自赏的味道。搞文字工作,不这样不行。我曾经把这个意思,给一些青年同志讲过,有的青年有兴趣,有的没有兴趣。

我们的生活,所谓人生,很复杂,充满了矛盾和斗争。现在我们经常说真美善和假的、邪恶的东西的斗争。我们搞创作,应该从生活里面看到这种斗争,体会到这种斗争。我现在已经快七十岁,我经历了我们国家民族的重大变革,经历了战争、乱离、灾难、忧患。善良的东西、美好的东西,能达到一种极致。在一定的时代,在一定的环境,可以达到顶点。我经历了美好的极致,那就是抗日战争。我看到农民,他们的爱国热情,参战的英勇,深深地感动了我。

我的文学创作，就是从这个时候开始的。我的作品，表现了这种善良的东西和美好的东西。我也遇到邪恶的极致，这就是最近的动乱的十年。我觉得这是我的不幸。在那个动乱的时期，我一出门，就看见街上敲锣打鼓，前面走着一些妇女，嘴里叼着破鞋；还有戴白帽子的，穿白袍的，带锁钱的。我看了心里非常难过，觉得那种做法是一种变态心理。

　　看到真美善的极致，我写了一些作品。看到邪恶的极致，我不愿意写。这些东西，我体验很深，可以说是镂心刻骨的。可是我不愿意去写这些东西，我也不愿意回忆它。

　　我们幼年学习文学，爱好真的东西，追求美的东西，追求善的东西。那时上海有家书店叫真美善书店，是曾孟朴、曾虚白父子俩开的，出了不少的好书。幼年时，我们认为文学是追求真美善的，宣扬真美善的。我们参加革命，不是也为的这些东西吗？我们愿意看到令人充满希望的东西，春天的花朵，春天的鸟叫；不愿意去接近悲惨的东西。刚解放时有个电影，里面有句歌："但愿人间有欢笑，不愿人间有哭声"，我很欣赏那两句歌。但这是不可能的。我们的生活里面，总是有喜剧，也有悲剧吧。我们看过了人间的"天女散花"，也看过了"目莲救母"。但是我始终坚信，我们所追求的文学,它是给我们人民以前途、以希望的,它是要使我们的民族繁荣兴旺的,充满光明的。我们民族是很伟大的。这一点,在这几十年的斗争生活中看到了。

凡是伟大的作家,都是伟大的人道主义者,毫无例外的。他们是富于人情的,富于理想的。他们的作品,反映了他们对于现实生活的这种态度。把人道主义从文学中拉出去,那文学就没有什么东西了。我们的作家,要忠诚于我们的时代,忠诚于我们的人民,这样求得作品的艺术性,反过来作用于时代。

作家不能同时是很有成就的政治家。我看有很多作家,在历史上,有时候也想去当政治家,结果当不成,还是回来搞文学。因为作家只能是纸上谈兵,他对于现实的看法可以影响人,但是不能够去解决人民生活的实际问题。一个时代的政治,可以决定一个时代作家的命运。

我认为,要想使我们的作品有艺术性,就是说真正想成为一个艺术家,必须保持一种单纯的心,所谓"赤子之心"。有这种心就是诗人,把这种心丢了,就是妄人,说谎话的人。保持这种心地,可以听到天籁地籁的声音。《红楼梦》上说人的心像明镜一样。文章是寂寞之道,你既然搞这个,你就得甘于寂寞,你要感觉名利老是在那里诱惑你,就写不出艺术品。所以说,文坛最好不要变成官场。现在我们有的编辑部,甚至于协会,都有官场的现象,这是很不好的。

一定的政治措施可以促进文艺的繁荣, 也可以限制文艺的发展,总起来说政治是决定性的。文学的职责是反映现实,主要是反映现实中真的美的善的,古今中外的文学作品,都是这样。它也暴露黑暗面。写阴暗面,是为了更突出光明面。我们有很多年, 实际上是不准写阴暗面,没有暗的一面,光明面也就没有力量,给人感觉是虚伪的。文学作品,凡是忠实于现实的,忠实于人民的,它就有生命力。公式化、概念化和艺术性是对立的。但是,对公式化、概念化我们也要做具体分析。不是说一切公式化、概念化的东西,都不起作用。公式化、概念化,古已有之。不是说从左联以后,从革命文学才有。蒋光慈、殷夫的作品,不能不说有些是公式化、概念化的。但是他们的作品,当时起到一定的政治宣传作用,推动了革命。大跃进时有很多公式化、概念化的作品。假如作者是发自真情,发自真正的革命热情,是可以起到一些作用的;假如是投机,在那里说谎话,那就任何作用也不起,就像"四人帮"后来搞的公式化、概念化。

这些年来,我读外国作品很少,我是想读一些中国的旧书。去年我从《儿童文学》上又看了一遍《丑小鸭》,我有好几天被它感动,这才是艺术品,很高的艺术品。在童话里面,充满了人生哲理,安徒生把他的思想感情,灌输进作品,充满七情六欲。安徒生很多作品用旁敲侧击的写法,有很多弦外之音,这是很高的艺术。有弦外之音的作品不是很多的。前几天我读了《诗刊》上重新发表的《茨冈》,我见到好几个青年同志,叫他们好好读读,这也就是小说,或者说是剧本,不只是诗。你读一遍这个作品,你才知道什么是现实主义,什么是浪漫主义。这才是真正的样本。

在理论方面,我们应该学点美学。多年我们不注意这个问题了,这方面的基础很差。不能只学一家的美学,古典美学,托尔斯泰的、普列汉诺夫的、卢那察尔斯基的,甚至日本那个厨川白村,还有弗洛伊德的都可以学习。弗洛伊德完全没有道理?不见得。都要参考,还有中国的钟嵘、刘勰。

现在还有很多青年羡慕文学这一行,我想经过前些年的动乱,可能有些青年不愿干这行了,现在看起来还有很多青年羡慕这一行。但对于这一行,认识不是那么清楚。不知道这一行的苦处,也看不见先人的努力。一个青年建筑工人,他给我写信,说他不能把一生的精力、青春,浪费在一砖一瓦的体力劳动上,想写剧本、写小说。这样想法不好。你不能一砖一瓦地在那里劳动,你能够一句一字地从事文学工作吗?你很好地当瓦工,积累了很多瓦工的生活、体验,你就可以从事业余的文学创作。各行各业的青年人,在本职的工作以外,业余学一点文学创作,反映他们的生活,我们的文学题材,不是就很广泛了吗?不是很大的收获吗?我希望青年同志们,不急忙搞这个东西,先去积累本身职业的生活。文学题材是互相沟通的。前些年,文学题材很狭窄。很多人,他不光想知道本阶层的生活,也想知道别阶层的生活,历史上古代人的生活,他见不到听不到的生活。这在文学上有很多例子。专于一种职业,然后从事文学,使我们文学题材的天地,广大起来。

我在上小学的时候,就很喜欢文学。我最早接触的,是民间的形式:河北梆子、各种地方戏、大鼓书。然后我才读了一些文学作品,先读的是《封神演义》,后来在村里又借了一部《红楼梦》。从小学(那时候分初级小学、高级小学),我一直爱好文学作品。在高级小学,我读了一些新的作品:文学研究会的作品。商务印书馆出的一些杂志。我上的是个私立中学,缴很多学费,它对学生采取填鸭式,叫你读书。我十九岁的时候,升入本校的高中,那时叫普通科第一部,近似文科。除去主要的课程,还有一些参考课程,包括一大本日本人著的,汤尔和翻译的《生物学精义》,有杨东莼著的《中国文化史》,有严复翻译的《名学纲要》,还有日本人著的《中国伦理学史》,冯友兰的《中国哲学史》。还叫我们学《科学概论》和《社会科学概论》。还有一些古书。在英文方面,叫我们读一本《林肯传》,美国原版的,读《泰西五十轶事》、《伊索寓言》、《英文短篇小说选》和《莎氏乐府本事》。在这两年的时间里,有这么些书叫你读。在中学里,我们就应该打下各方面的知识基础。当然这些知识还不是很深的,但是从事文学创作,需要这些东西。你不知道一些中国哲学,很难写好小说。中国的小说里面,有很多是哲学。你不知道中国的伦理学,你也很难写好小说,因为小说里面,要表现伦理。读书,我有这种感觉,一代不如一代。我们比起上一代,已经读书很少,现在的青年人,经过十年动乱,他们读的书就更少。在中学,我读了一些外国文学作品,那时主要读一些十月革命以后苏联的文学作品。除去《铁流》、《毁灭》以外,我也读一些小作家的作品,如赛甫琳娜的、聂维洛夫的、拉甫列涅夫的,我都很喜欢。也读法国纪德的《田园交响乐》。这些作家,他们的名字至今我还记得很清楚, 这说明青年时期读书很有好处。

抗日战争,我才正式地从事创作,我所达到的尺度很低。我写的那些东西,也不是一帆风顺的。有一些年轻的同志,对我很热情,他们还写了一些关于我的作品的分析,很多都是溢美之词。我没有那么高。自己对自己的作品,体会是比较深的。在过去若干年里,强调政治,我的作品就不行了,也可能就有人批评了;有时强调第二标准,情况就好一点。我的作品也受到过批判, 在地方报纸上,整版地批判过,在全国性的报纸上,也整版地批判过。最近山东师范学院编一本关于我的专集, 他们搜集了全部评论文章。他们问我,有些文章行吗? 编进去? 我说,当然要编进去,怎么能不编进去呢。作为附录好吗? 我说不行,应该一样待遇。对于作品, 各人都可以有各人的看法,一个时期也可以有一个时期的看法。我不把自己的作品看得那么高,我觉得我的作品是微不足道的。我们可以说个笑话,我估计我的作品的寿命,可能是五十年。当然不包括动乱的十年,它们处于冬眠状态。在文学史上,很少很少的作品才能够永远被别人记忆,一人部分的作品,会被后人忘记。五十年并不算短寿,可以说是中寿。我写东西,是谨小慎微的,我的胆子不是那么大。我写文章是兢兢业业的,怕犯错误。在四十年代初期,我见到、听到有些人,因为写文章或者说话受到批判,搞得很惨。其中有的是我的熟人。从那个时期起,我就警惕自己,不要在写文章上犯错误。我在文字上是很敏感的,推敲自己的作品,不要它犯错误。最近在《新港》上重发的我的一篇《琴与箫》,现在看起来,它的感情是很热烈的,有一种生气,感染着我。可是当时我把它放弃了,没有编到集子里去。只是因为有人说这篇文章有些伤感。还有一篇关于婚姻问题的报告,最近别人给我复制出来。当时发表那个报告以后,有个读者写了一篇批评,我也跟着写了一篇检讨。现在看起来,并没有多大的问题。

我存在着很多缺点,除去一般文人的缺点,我还有个人的缺点。有时候名利二字,在我的头脑里,也不是那么干净的。"利"好像差一点;"名"就不一定能抹掉。好为人师,也是一患。

我觉得写文章,应该谨慎。前些日子我给从维熙写了一篇序言,其中有那么一段:"在那个时期,我也要被迫去和那些流氓、青皮、无赖、不逞之徒、两面人、卖友求荣者、汉奸、国民党分子打交道，并且成为这等人的革命对象了。"写完之后，我觉得这段不妥当，就把它剪了下来。我们的道路总算走得很长了吧，是坎坷不平的，也是饱经风雨的，终于走到现在。古人说七十可以从心所欲。现在我们国家的政治很清明，文路广开。但是写文章就是到了七十，也不能随心所欲地写，仍然是兢兢业业的事业。前不久，有人还在威胁，要来二次、三次文化革命。我没有担心，我觉得那样的革命，发动不起来了。林彪、"四人帮"在这一场所谓革命中，基于他们的个人私心，几几乎把我们的国家、我们的民族毁掉，全国人民都看得很清楚。

我有幸见到我们国家现在这样好的形势，这样好的前途。有些人见不到了，比如远千里、侯金镜。文化大革命刚刚结束，有人传说我看破了红尘，并且传到北京去。有一次文艺界的领导同志到天津来，问我：你看破红尘了吗？我说，没有。我红尘观念很重，尘心很重。我从来也没有想到西天去，我觉得那里也不见得是乐土。你看小说，唐僧奔那儿去的时候，多么苦恼，他手下那两个干部，人事关系多么紧张。北京团城，有座玉佛，很美丽，我曾为她写过两首诗。但我并不羡慕她那种处境，虽然那地方，还算幽静。我没有看破红尘，我还要写东西。

历史证明:文坛上的尺寸之地,文学史上两三行记载,都不是容易争来的。

凡是写文章的人,都希望自己的作品能够传世。能否传世,现在姑且不谈。如果我们能够,在七十年代,把自己六十年代写的东西,再看一看,或是隔上几年,就把自己过去写的东西, 拿出来再看。看看是否有愧于天理良心,是否有愧于时间岁月,是否有愧于亲友乡里,能不能向山河发誓,山河能不能报以肯定赞许的回应。

自己的作品,究竟如何,这是不好和别人争论的。有些读者,也不一定是认真读书,或是对你所写当时当地的环境,有所了解。过去,对《秋千》意见最大,说是我划错了那个女孩子的家庭成分,同情地主。这种批评,在强调阶级斗争的时候,是很厉害的,很有些"诛心"的味道。出版社两次建议我抽掉,我没有答应。我认为既是有人正在批评,你抽掉了它,不是就没有放矢之"的"了吗?前二年,出版社又再版这本书,不再提这篇文章,却建议把《钟》、《一别十年同口镇》、《懒马》三篇抽去。理由是《钟》的男主人公有些自私,《一别十年同口镇》没有写出土改的轰轰烈烈、贫农翻身的场面,《懒马》写了一个落后人物,和全书的风格不协调。我想,经过文化革命,这本书有幸得以再版,编辑部的意思,恐怕是要它面貌一新吧。我同意了,只是在后记中写道,是遵照编辑部的建议。

现在所以没有人再提《秋千》,是因为我并没有给她划错成分,同情那个女孩子,也没有站错立场。至于《钟》的男主人公,我并不觉得他有什么自私,在那种情况下,我们能要求他怎样做呢?《一别十年同口镇》写的是一九四七年春季的情况。老区的土改经过三个阶段,即土改、平分、复查。我写的是第一次土改,那时的政策是很缓和的。在我写的时候,我已经知道要进行平分,所以我也发了一些议论。这些情况,哪里是现在的同志们所能知道的呢。它当年所以受到《冀中导报》的整版批判,也是因为它产生在两次政策变动之间的缘故。

至于《懒马》之落后,我想现在人们也会不以为意了。

《钟》仍然保存在《村歌》一书中,其余两篇如有机会,我也想仍把它们收入集内。

过去强调写运动,既然是运动,就难免有主观、有夸张、有虚假。作者如果没有客观冷静的头脑,不作实际观察的努力,是很难写得真实,因此也就更谈不上什么艺术。

文章写法,其道则一。心地光明,便有灵感,入情入理,就成艺术。

要想使文学艺术提高,应该经常有一些关于艺术问题的自由讨论。百花齐放这个口号,从来没有人反对过,问题是实际的做法,与此背道而驰,是为丛驱雀的办法。过去的文学评论,都是以若干条政治概念为准则,以此去套文艺作品,欲加之罪,先颁恶名——毒草,哪里还顾得上艺术。而且有不少作品,正是因为艺术,甚至只是一些描写,招来了政治打击。作家在这种情况下,是不能争鸣的,那将越来越糟。有些是读者不了解当时当地的现实而引起,作者也不便辩解,总之,作者是常常处于下风的。

解放初,我曾和几个师范学校的学生,通信讨论了一次《荷花淀》。《文艺报》为了活泼一下学术风气,刊登了。据负责人后来告诉我:此信发出后,收到无数詈骂信件,说什么的都有。好在还没惹出什么大祸,我后来就不敢再这样心浮气盛了。

有竞争,有讨论,才能促使艺术提高。

清末缪荃荪辑了一部丛书,叫《藕香零拾》,都是零星小书。其中有一部《敬斋泛说》,是五代人作的。有一段话,我觉得很好,曾请曾秀苍同志书为小幅张贴座右。其文曰:

吾闻文章有不当为者丑:苟作一也,徇物二也,欺心三也,蛊俗四也,不可以示子孙五也。今之作者,异乎吾所闻矣,不以所不当者为患,惟无是五者之为患。

所以我不主张空谈艺术。技法更是次要的。应该告诉青年们为文之道。

一九七六年秋季,我还经历了大地震。恐怖啊!我曾想写一篇题名《地震》的小说,没有构思好。那天晚上,老家来了人,睡得晚了一些,三点多钟,我正在抓起表看时间,就震了起来。我从里间跑到外间,钻在写字台下。等不震了,听见外面在下雨,我摸黑穿上雨衣、雨鞋、戴好草帽,才开门出去。门口和台阶上都堆满了从房顶震塌下来的砖瓦,我要往外跑,一定砸死了。全院的人,都在外面。我是最后出来的一个人。

地震在史书上,称作灾异,说是上天示儆。不是搞迷信吗?我甚至想,这是林彪、"四人帮"之流伤天害理,倒行逆施,达到了神人共愤,天怒人怨的程度,才引起的。我这个人遇见小事慌乱,遇见大灾大难,就麻木不仁,我在院里小山上搭了一个塑料薄膜小窝棚,连日大雨,不久,就又偷偷到屋里来睡了。我想,震死在屋里,也还算是"寿终正寝"吧。

所谓文学上的人道主义,当然不是庸俗的普度众生,也不是惩恶劝善。它指的是作家深刻、广泛地观察了现实,思考了人类生活的现存状态,比如社会关系、社会意识,希望有所扬弃。作家在作品中,通过对社会生活的刻画,对典型人物的创造,表达他这种理想。他想提高或纯净的,包括人类道德、理想、情操,各种认识和各种观念。但因为这种人道主义,创自作家,也常常存在缺点、弱点,会终于行不通,成为乌托邦。人道主义的作品,也不是千篇一律的。陀思妥耶夫斯基是伟大的现实主义作家,他的人道主义表现为一种不健康的形式。我只读过他一本《穷人》,别的作品,我读不下去。作家因为遭遇不幸,他的神经发生了病态。

只有真正的现实主义作家,才能成为真正的人道主义者。而一旦成为伟大的人道主义者,他的作品就成为伟大的观念形态,这种观念形态,对于人类固有的天良之心,是无往而不通的。这里我想举出两篇短作品,就是上面提到的安徒生的《丑小鸭》和普希金的《茨冈》。这两篇作品都暴露了人类现存观念的弱点,并有所批判,暗示出一种有宏大节奏的向上力量。能理解这一点,就是知道了文学三昧。

一九八〇年三月二十七日

关于儿童文学

在中国历史上,有不少关于儿童教养的记载。最古的时候,有所谓"胎教"一说,乍一听好像很神秘,从科学上研究起来,恐怕也有它一定的道理吧？古时候还有句谚语:"教妇初来,教子婴孩。"从这句话可以知道,教育工作,在人的幼年这一阶段最为重要。在中国教育史上,这方面的著述,形成了"小学"(不是研究文字的小学)的范畴。

建国以来,对于儿童的教育成长,党和国家是非常关心的。无论在学校教育、社会教育以及儿童读物的编纂出版方面,都不是过去任何时代所能比拟或设想的。我们的教育方针,在培养儿童热爱劳动、热爱国家和集体、热爱科学等等方面,都是很明确的。

因此,在文学方面,我也觉得,儿童文学的创作比一般的文学创作更重要一些,更困难一些,这就好像儿童教育比起成年教育来,更重要些、更困难些一样。同时,在儿童文学的创作上,特别是在我们新的、革命的儿童文学的创作上,借鉴还比较少,无论在理论上或创作观摩上,我们的学习材料还不是那样多。但是,我们一定要通过文学作品,对我国新时代的儿童进行教育,主要是进行共产主义思想和共产主义风格的教育,把他们培养成共产主义的坚强的接班人。我们国家的儿童,在党的关怀下,可以说是最幸福的了。在历史上,从来没有看到过儿童们生活在这样的幸福的天地里。但是,在教育实践上也可能有这样的现象:在艰苦的环境里比在安逸的环境里,教育更容易发生效果。我们的儿童处在幸福的时代里,教育确是一个很复杂的问题。

儿童教育也是有明显的阶级分野的。在历史上,我们看到,任何阶级在教育他们的后一代方面,都是鲜明地、集中地表现了他们的阶级要求。在中国历史的封建时期,我们可以找到相当多的有关儿童教育方面的材料,这些材料主要体现了封建帝王、官僚、地主教育他们的子弟的思想和方法。

养病期间,我浏览了一些古书,一部是《初学记》,这是古代封建帝王为了教育他们的子弟而编纂的一部文艺形式的小型百科全书。在这部书里，包括了天文、地理等等方面的自然科学知识，也包括了历史、文艺等等方面的社会科学知识。封建阶级也知道用最广泛的、最切实有用的、经过专家选择和系统的知识，来启发、教育他们的子弟。但在其他一些书籍里，封建帝王最重视的是教给他们的子弟如何统治人民的道理和方法，记录了很多的历代王朝统治人民的所谓经验教训。另外我读了一部《颜氏家训》，这部书和这位作者，历来得到的评价还是好的。作者给他的子弟们介绍了在那一时代为人处世的经验，读书治学问的方法，但其目的也不过是为了不坠家风，希望子弟们不流于"牧竖"而能长期凌驾在劳动人民之上。这是封建士大夫的教育思想。

从清代后期封建官僚的家书和日记中，可以看到这些人物在怎样教育他们的子弟。这些封建大员在教育他的子弟方面，付出了很大的精力，虽然他们在当时担任的反动职务是那样繁重。他们教子弟写字、读书；叫子弟和他们的有学问的幕友往来；叫子弟进京游览，广泛地求师访友，增进见闻。可以说，这些官僚也是想用最新的、即在他们那个时代认为最有用的学问，来武装他们的子弟的头脑。他们有时教子弟性理之学,有时教考据之学,有时综合地教义理、辞章、考据,有时教子弟念金、元的历史,念边疆的地志,最后还教子弟学习洋务。这些官僚的教育思想的发展和变化,矛盾和冲突,充分反映了清朝末年腐朽政治的崩溃和挣扎,反映了当时中国社会的阶级矛盾和民族矛盾的尖锐化。

在封建社会,帝王、官僚、士大夫的教育思想,有它们互相适应的一方面,也有互相矛盾的一方面。他们的教育的效果,常常是漏洞百出的,有时甚至是和他们的希望完全相反的。

我们上面漫谈的一些似乎是题外的材料,说明一个问题,就是:历史上的封建阶层,是如何重视教育他们的后一代。一些没落的教育思想,在今天也不能说对一些人是毫无影响的。

中国的劳动人民,长期处在贫穷苦难的生活里,当然他们也在世世代代地教育着他们的后人。他们不可能给我们留下很多的可以查考的文献,但是,他们确是有教育子弟的不成文的传统,我们应该研究这个传统。一切真正的美德,是由贫苦的劳动人民保存下来的,一切美丽的语言、深湛的思想,都保存在劳动人民的口碑上。这方面的材料是很丰富的,很值得我们去探求。我们的儿童文学作家,应该很好地研究中国劳动人民的生活,研究他们的历史,研究他们教育孩子们的思想方法和语言。

目前,我们应当积极地投入到劳动人民的生活和斗争里,经常和工人、贫下中农接触,和他们交成知心的朋友,成为他们中间的一个。认真地记录劳动人民的"家史",这对我们的创作和思想,是最实际有用的,也可以说是事半而功倍的努力的途径。

我们都知道,环境和风俗很能转移儿童的思想和感情。我们的儿童文学作品,要对儿童的思想和品德,进行有益的影响,但不能脱离具体环境、风俗的描写。对儿童最有影响的是他的父母,儿童文学也兼有教育成年人的任务吧。所以,我们的儿童文学创作,也应该以表现现实生活,表现现实生活中的矛盾和斗争,表现现实生活中一切新的东西,为主要的方面。

在历史上,每一个阶级,都是用它所认为最模范的人物、最模范的事迹,来教育它的后一代,常常是动员最有威望、最有才华的作家,来担负这一任务的。在今天,我们也应该用我们这个时代最模范的人物、最先进的事迹来教育儿童。

我们要着重研究现实生活中儿童生活、思想的各种样式。就是说,在多式多样的现实生活中来表现我们的儿童,不能只把他们放在花园里、树林里来描写,也不能只把他们放在托儿所、小学里来描写。我们的儿童文学作品,也应该给予儿童认识现实、分析生活、辨别善恶的能力。

寓言,在儿童文学创作中,自然占很重要的地位。好的寓言,主题是非常鲜明的,表现主题的方法是非常巧妙的,结构是很严密的,语言有高度的艺术性。中国有很多好的寓言,我们应该很好地研究,学习。外国的一些古典寓言和故事,我们也应该借鉴。在我们今天的儿童文学创作上,运用寓言这种形式也是很必要的,凡是好的寓言,它的现实意义总是很强的。但是,我总以为儿童文学创作,应以直接反映现实生活为主。

当然,儿童文学作品可以写得那样幽静,透明,充满美丽的幻想和诗意的抒情,就像我们在清晨或黄昏,散步在明静的湖水旁边,看到的那些倒影一样。但是,儿童文学作品也可以写得像在太阳光照耀下的人群,那样鲜明动荡,阴阳分明,充满生气。

文学作品不是强调这一方面，就是强调那一方面；它或者着重表现这一方面的生活，或者着重表现那一方面的生活。文学的要求，很难是半斤八两、面面俱到的。就是说，我们表现的生活可以是多方面的，运用的形式愈多愈好。但是，一切儿童文学作品，不能违背社会主义时代的总的教育要求，不能不着重表现社会主义时代生活中的主导方面。

　　儿童文学作品，它的主题应该是很单纯，很明确的。但是，我们在写成一篇作品以后，也应该全面地考虑一下它在教育方面产生的效果。比如说，写一个小孩勇敢，写他舍身救出一个落水的小孩。在这篇作品里，我们除去教育儿童们要勇敢，要舍身救人，也需要叫读者体会到，那个被救的小孩是怎样掉在水里面去的，就是说，对孩子们也要进行必要的安全教育。

　　作家对于上天入地，投刀掷剑的描写，不只要有科学和现实生活的根据，还要有对儿童生活的责任感。我们是不是可以研究一下，旧的、坏的武侠小说以及公案小说，对于儿童身心有时会发生不好的影响，原因何在？要有能力对那些作品进行分析批判，才能避免偶然感染，把余毒引进新作。不然，我们就会"自食其果"，有中"流弹"、"飞刀"

的可能。

附　注：

　　此系一九六四年六月对几位儿童文学习作者的讲稿。一九六六年冬散失，今重获，略加整理发表。

一九七八年八月

进修二题

关于含蓄

为了有助于同志们的艺术进修，我把想到的有关创作的两个问题谈一谈，第一是含蓄。

在文学创作里面，主题当然要很明朗，不能使要表达的思想晦暗。但是我想，文学创作需要有含蓄。所谓含蓄，就是不要一泻无遗，不要节外生枝，不要累赘琐碎，要有剪裁，要给读者留有思考的余地。

目前，在我们的一些创作里面，写一个人痛苦，或写一个人快乐，表现感情的方法好像都差不多，都是很简单的。这种写法，当然是可以的。但是，感情的表现，并不是只有一个方式，就是说，无论在什么情况下面，就只有一种表现。柳宗元说："长歌之哀，过于痛哭；嬉笑之怒，甚于裂眦。"在出土的古书竹简上有一句话："至乐不笑"。契诃夫有好几次告诉青年作者：写一个人悲哀，应该写他散步，写他吹口哨。我想，并不是所有从事写作的人，都能体会到感情方面所有的这些具体表现。

有一年，我住在疗养院里，夜晚很寂寞，想听听收音机，一时找不到合适的节目。当我正要关闭收音机的时候，忽然隐隐约约听到一种很细微的声音，这声音一下就吸引了我，赶紧对准，原来是杨虎城将军那位宋秘书的女儿，正在报告她的亲人被杀害的经过。这是一种非常悲痛的声音，也是一种极度控制的、有含蓄的声音。这个女孩子，在那里低声地讲着，简直是如泣如诉地讲着。我立时坐下来，一直收听完毕，热泪盈眶。整整一晚上，感动得不能平静。当时，并非没有更强烈的大声喊叫，或者痛哭流涕的节目，而这位烈士的女儿的声音，只是若隐若现的时候，就那样强烈地震动了我的心。含蓄，必须包括真实的感情在里面。

有一天我看报纸，蠡县有一个生产队长，一个女社员夜晚害了重病，这位队长冒着大雪去给她请大夫。这是平原上很少见的大雪，在回来的路上，医生失足掉在井里面。这位队长立时跳下井去，想救出这位医生，结果自己冻死在井里。这是一篇很简短的报道,我读它的时候,正是在一天清晨,它深深地感动了我,我向家里的人讲述了这一段事情。

还有一个例子,有一天晚报上登了一段消息,说有一个小孩,支气管里塞上了黄豆,结果被父母当作死孩子,抛掷在荒坟里面,被一个出差的解放军抱走救活了。

以上所举的三个例子,都是很简短的新闻报道或广播节目。这里面没有长篇大论,也没有很多文艺上的加工描写。但是我可以说,这些事实,即使被以后的作家演义成一两万字或者更长的小说,它的感动能力也不一定就能超过原来简短的报道。这是在文学创作上常见的一种现象。当然,有的故事拉长了,它的感染力可能增强,但有的故事拉长了,就像多加了水,它的感染力也可能冲淡。

那部《颜氏家训》里说:"凡为文章,犹乘骐骥,虽有逸气,当以衔勒制之。"就是说写文章应该有节制,应该适可而止,应该有含蓄。我们写文章,常常是怕读者看不明白,要面面俱到;怕批评家和读者提出意见,在作品里面增加一些解释,这些都是不必要的。对生活了解得愈多的人,他在创作上愈能有节制,有含蓄;凡是生活本钱不大的人,他的文章就容易流于散漫铺张。

语言一例

　　文学语言,包括好的比喻,有力的生发,美妙的联想和出奇制胜的描写。这些造诣,无疑都是从对人民生活、社会风习,和时代精神的深刻体会和理解得来。

　　戚蓼生说,曹雪芹的写作之所以"神乎",是因为:第一,"立意遣词,无一落前人窠臼";第二,"注彼而写此,目送而手挥";第三,"似谲而正"。他这些分析,当然还不能完全概括曹雪芹在语言上的技巧,但是他所说明的这些道理,我们应该研究。

　　在文学上,语言、语法和语气,是有很多变化的,是有很多风格的,越是对于生活了解得多的人,了解得深刻的人,他的语言就越不会简单化。但并不是所有的评论家都能了解这一点。在有些评论家看来,一句话只有一个说法,稍微有所变化,他就感觉奇怪。譬如说,在抗日战争期间,有一篇作品写到有人想给一个女孩子介绍一个八路军做爱人,问:"你愿意吗?"女孩子说:"我不愿意。"评论家看到这句话,就下结论说,这个女孩子很"落后"。这句话会使人物降低,作者的"世界观"有问题。其实,那个女孩子心里是很爱八路军的。按照这位评论家的方式,这个女孩子一听到有人给她介绍对象,就应该高兴得跳起来,说:"好极了!谢谢你!快带我去找他吧!"这样,评论家就可以鉴定她很进步,形象高大,作品有进步意义。但是在生活里并不是这样。在生活里,一个人的说话,口气,因为当时的心情,不同的性格,不同的处境,常常是有各式各样的变化的。如果连这一点都不懂,我们还从事什么文学工作?如果连一句话也看不明白,我们还"观"的什么"世界"。当然,在生活里也有"袖里吞棒槌——直出直入"式的语法,但并不能用这个方式概括一切。我下乡的时候,一个女孩子曾经告诉我:"话有百说百解。"我觉得这句话很有道理。

明白了以上这些道理,我们才能领会所谓"似谲而正",所谓"注彼而写此"这些语言工作上的复杂情况。

附　注:

以上系一九六四年六月一篇讲稿中的断片,一九六六年冬季散失,今重获之,整理出来,投寄刊物,亦奇遇也。

一九七八年八月

关于诗

　　近些天来,因为一种原因,我时常想起抗日战争时期的诗人和他们的作品。有时是想到人,随即想到他们的诗句。每个人都有自己的特点,互不干扰混淆。同时,他们的为人和他们的诗风,又紧紧联系在一起。

　　这样,就产生了一种感觉。这些年来,我们的诗坛,暂时先不谈它的重大成绩和丰盛的收获,只就它存在的一些缺点而言,在一些地方恰恰失去或减弱了这些特点。

　　古人说:"诗言志。"就是说,诗中要有自己的东西。这包括诗人的"志",即思想或见解;诗人的遭际,即自己的兴衰成败;诗人的感情,即喜怒哀乐;诗人的阅历,即所见所闻。

　　历观古今中外伟大诗人的作品,都有自己的东西。更了当地说,他们的诗主要包含着他自己。《杜工部集》,《白乐天集》、《李太白集》,无不如此。

有一种不成文、已经有案可查的说法:不要写自己,不要表现自我,不然,就会使小资产阶级的思想感情泛滥。

没有了自己的东西,于是大家就说差不多的话,讲一种大体相同的道理,写类似的事件、相貌和性格分别不出来的人物。

每天读这样的诗稿,就必然分不清题旨,分不清意境,分不清诗句,以至最后分不清作者。就像走进公共场所,熙熙攘攘,出出进进,结果没有一个清楚的面孔,留在印象之中。

有人可以立即反驳说,我们的思想性很强,我们的形象很高大,我们的感情很热烈,我们的见闻都是新人新事,都是重大题材。

但是,因为没有真正通过自己去表现,就减弱了诗的感染力。

在诗里,说大话,说绝话,说似是而非的话,是很省力气的。有人说这是必要的夸张,并引证李白。其实,李白虽有狂放的名声,但并不是单靠"夸张"起家的。他的本领在于通过他自己的诗风,成功地表现了当时的社会和历史的现实。他有丰富的生活经历,他走的路很多,见到的也很广。他对所见所闻,都经过深刻的思考,引起强烈的感情,才发为诗歌。单靠吹牛,不能成为李白,只能成为李赤。

不要害怕在诗作中间,有自己的东西。你没有见过的,就不要去写。你见到了,没有什么感情反响,也不要急着去写。你的思想没有那么高,不一定强把它抬高,暂时写得低一点,倒会真实一些。

诗人要关心国家大事,关心民族命运,关心群众生活,与他们感情相通。过去的诗人,也不是人人都是思想家,都是时代的引路人。如果他们从一个角度,反映了时代和社会的真实面貌,仍不失为有意义的作品。韦庄的《秦妇吟》,并没有革命思想,还是现实主义的伟大诗作。

前几年发掘出来的老子竹简中说:"实谷不华","至言不饰,至乐不笑"。真诚和真实,不只是哲学领域中可宝贵的道理,在创作上,也是应当引为借鉴的。

不合情理的,言不由衷的,没有现实根据的夸张,只能使诗格降低。我们的诗,不能老是写得那么空泛,表面。要有些含蓄,有些意象,有些意境。这些东西,是只有通过诗人自己,认真地去观察,思考,才能产生。

目前,诗战线,应该质中求量,不该只是在量中求质了。我有个近于荒唐的想法:如果惯于写长诗的人,把诗再写短些;惯于每天写好多首的人,把指标降低些,我们的诗的质量,就会真正大上了。要从多方面,加强诗的艺术性。

希望老一辈诗人,给青年诗人做个典范。不作无病呻吟的诗,不作顺口溜,精益求精,把中国古代诗人苦吟苦想的严肃作风,传给青年一代。

形式的问题,不是主要的。已经迈出的步子,也很难返回了。时代在决定着诗的形式的变革。

杜工部句:"美人细意熨帖平,裁缝灭尽针线迹。"诗要经过多次修改,才会合格,成功。

一九七八年八月五日大热

关于编辑和投稿

编　辑

　　作为编辑，他的工作对象就是稿件。编辑和投稿者——作者的关系，应该是文字之交，双方面关心的问题，应该是稿件，而不应该是其他。既办刊物，就需要稿件。因此，对于投寄来稿件，抱着一种欢迎的态度，这是很自然的事。既然投稿，就希望刊物采纳刊登，至少希望得到编辑的意见，求得长进，这也是很自然的事。

　　这种关系，前些年，叫"四人帮"给搅乱了。最初，以"工农兵占领文艺阵地"为旗号，一个刊物的编辑部，整天座无虚席，烟雾弥漫，高谈阔论，门庭若市。加上不停的电话铃响，送往迎来的客气话套，编辑是没法坐下来安静看稿的。

　　来客所谈，并非尽是关于稿件的问题，或者，简单地谈几句稿件的问题,就转到了别的方面:如探听小道消息,市场情况,有什么新产品出售,或根据来客的职业,问编辑们要捎带什么物品等等。这样,编辑部里充满了交易所的气氛,美其名曰:开门办报,接近群众。

而且不断有商品出现在编辑部里面,有时是处理牙膏,有时是妇女头巾,有时是裤衩。都是由各行各业的作者带来,编辑们围上去,你挑我拣,由一人负责收款。每买一次货物,半天的时间,群情振奋,不能工作。

毋庸讳言,有些编辑同志,业务水平不能说是很高。参加工作不久的青年同志,除去加强政治学习,应急起直追地学习业务。编辑的业务学习,方面很广。编辑知道的东西,应该比作者要多些。要加深文字修养。要浏览百家之书,不怕成为一个杂家。

要熟悉社会各行业的生产、生活和语言。要熟悉农村、工厂、部队,包括种地、生产、作战的具体知识。不知道这些,就没法改稿,或改稿出笑话。

要参考前人编辑刊物的经验,也包括反面的经验。当务之急,是先学习鲁迅主持编辑的刊物,如《语丝》、《莽原》、《奔流》、《萌芽》、《文学》、《译文》等。应该学学他在每期刊物后面所写的"后记"。从鲁迅编辑刊物中,我们可以学到:对作者的态度;对读者的关心;对文字的严肃;对艺术的要求。

对待作者要亲切也要严肃。这主要表现在对待他们的稿件上。熟人的稿件和不熟人的稿件,要求尺度相当。不和投稿者拉拉扯扯,不和投稿者互通有无。(非指意识形态,指生活资料。)

对待投稿者不摆架子,不板面孔,但也不因为他有所呈献而青眼相加。编辑是一种工作职称,目前"张编辑"、"李编辑"的称呼,不太妥当。

改稿时,知之为知之,不知为不知。不认识的字,不知道的名词,就查字典,求教他人,或问作者,这都是工作常规,并不丢人。

作者原稿,可改可不改者,不改。可删可不删者不删。不代作者做文章(特别是创作稿)。偶有删节,要使上下文通顺,使作者心服。

敝帚自珍,无论新老作者,你对他的稿件,大砍大削,没有不心痛的,如砍削不当或伤筋动骨,他就更会难过。如果有那种人,你怎样乱改他的文章,他也无动于衷,这并不表现他的胸襟宽阔,只能证明他对创作,并不认真。

(历史经验:在三十年代,《文学》编辑傅东华删了周文的小说,删的太多而不妥,周文找上门去,时称"盘肠大战"事件。)

不轻易召作者到编辑部,有事写信商量。这样互不干扰日常工作,保持编辑部正常秩序。鲁迅说,他从来也不轻易召作者到编辑部来。

改错稿举例:

(一)把原来字数相当的一副对联,改成了一句长、一句短,这是不对的,因对联不是标语。

(二) 把一个解放区作者自传性的文章中的 "回到冀中",错改为"回到北平",这很可能是因为字体易混排错了,编辑没有看出。而当时北平为敌占区,如以后有人根据此文,审查作者历史,岂不麻烦?

例(一)为常识欠缺;例(二)为粗心大意。

例(一)是编辑只求文字中内容无错误,忘记了这是一副对联。例(二)是编辑对历史背景不大了然,看到主人公从张家口出发,"经过宣化", 就以为他一定是坐火车到北平去了。其实主人公是坐火车到宣化,然后步行,经涿鹿、易县回到冀中。

编辑有责任把文章中的标点弄好。因为就是有经验的作者,有时对标点,也不太认真、讲求。标点很重要。

错误标点举例：

第一次排印的《鲁迅日记》中，有一段话为：川岛惠赠图章一枚，文曰："迅翁"，不可用也。

编辑标为：文曰："迅翁不可用也"。这成何话语。

不为改稿而改稿，即不是为了叫组长看自己的工作成绩，而故意把稿子大加删改，涂抹很多。

对稿件严肃认真，就是尊重作者，其他种种，都是无谓的客气。如发表作品，不要有恩赐观点或投机心理。能做到坚持原则，不做风派人物，那就更可贵了。

刊物要往小而精里办，不往大而滥里办。这不只是为了节省财、物、人三力，主要是为了提高创作的水平。编辑选登稿件越严格，应之而来的一定是创作水平的提高。反之，则会降低创作的水平。

刊物要有地方特点，地方色彩。要有个性。要敢于形成一个流派，与兄弟刊物竞争比赛。

投　　稿

有志于文学创作，先从思想、生活、语言等方面，加强修养。但也需要投稿。刊物之于作者,如舞台之于演员,球场之于运动员,是必要的练习场所,必须上去。但要有充分的准备。

在学校,可在课堂上认真作文。经过老师评改,好的可在校刊上投稿。在工厂、农村,可在墙报上发表。再有进步,可在地方报刊投稿。不要一来就在大刊物投稿。这倒不是说客大压店,或店大压客。大刊物稿子太多。在地方报刊投稿,容易被选刊,可以得到鼓励。

投稿前,要经常阅读一些报刊,看看它的水平、内容、要求。稿子一定要抄写清楚,这一点很重要,有时就像在考场写卷子一样,字体不清楚是很吃亏的。常常发现,稿子写得乱,内容也就不好。内容好的,稿子一般抄写得也工整。

投稿,最好是按照邮局规章,把稿子寄到编辑部,下面用清楚字体注明姓名地址,以便联系。有些人名字写得很潦草,编辑认不出来,大家传阅,猜想,这是很不好的。

有人好带着稿子跑到编辑部,请编辑当面指点。这种办法并不好,临时仓促地看,不一定就能提出切实的意见。有的人未进编辑部之前,先买一盒好烟,进去了,张编辑、李编辑都敬一支,这种做法也不好。至于带上本厂的产品,给编辑以各种生活的方便,都与提高稿子质量无关,甚至有害。

有的人,和编辑们混熟了,没有稿子,也往编辑部跑,一坐就是一两个小时,无所不谈。这种好跑编辑部的人,恕我直言,常常写不出什么好的作品。或原来写得还不错,后来反而退步了。

登门拜访成名的作家,或写信提出很多创作上的问题求教,我想收获也不会很大的。

初学写作,都希望有名师指点。但创作这一行,名师所能告诉给我们的,也不过是一些规律性的话,如劝我们深入生活,多读书,多积累词汇等等。名师不能把生活、思想感情、语言技巧塞到我们作品中。再说,作家也是新陈代谢的,后来居上。我们只能在前人留下的遗产中,吸取营养,接受经验。成功之路,还得自己一步一步地走去。

创作来源于现实生活,只有埋头苦干,坚持不懈,才有收获。希图捷径,是错误的。别人的帮助,提携,也是有限的。有这些时间,或深入生活,或熟悉人物,或汇集语言,或阅读作品,对创作都会更有益些。

至于专好打听文坛花絮、作家生活,拨弄是非,散布流言,那已经是进入邪僻路径,更应该警惕。

古今中外，文坛从来被认为是个名利角逐的场所。"四人帮"更把它弄得芜秽不堪。自从文痞姚文元以棍棒起家，平步青云，内居清要，外掌文权，声势显赫，俨然权威，这不能不引起一些浅见势利之徒的心热眼红。以为文艺和文艺批评这种意识形态，大有可为，一棍如果打中，即使成不了姚文元，也是一本万利，鸡犬飞升的腾达捷径。流毒很深很广。我们应该有意识地把它廓清，培植一代正气之花、磊落之树的新苗。这需要好的土壤，好的水源，精心的耕作，主要是靠作者自己刻苦努力。老一辈作家，主要是用他们的好的作品，切实可行的理论，指导帮助新的一代。

初学写作，最好是写你所熟知的，有亲身体会的事，要写短篇，一两千字的文章。写好了抄写清楚，先请老师看，再征求一些群众的意见，修改得满意之后，再寄给报刊。要持认真的态度，不抱侥幸的心理。稿件如果被退回来，也不要灰心，总结一下经验教训，以利再战。

稿件的被采用或被退还，都是正常的事，不要大惊小怪。稿子退回来，对初学者来说，自然是质量较差的可能性多些。但也不一定完全是这样。稿子不用，常常有多种情况，有时是不适合刊物当前的要求，这叫没赶上时候；有时是编辑一眼看高,一眼看低,这叫没遇见伯乐。如果自己有信心,过一个时期或另投他处,稿子终归有出路。

旧社会投稿是很困难的,那时刊物很少,又大都是同人刊物,不重视外稿。但就是那样,也不是所有的人才,所有的好作品,都被埋没了。现在我们有这样多的报刊杂志,又注意培养新生力量,才能与努力的成果,更不会被无端埋没。但不能因为条件好了,饭容易到口了,就马虎从事,那样可就成功不易了。

在学校作文,是作业,可以模拟他人,也可以抄录一些平日爱好的语句在自己的文章中。但从事创作,千万不能犯抄袭的毛病。一时写不出写不好,慢慢练习就是了。因为一旦犯了这种毛病,被人揭发,就会一蹶不振,名誉扫地。

(历史经验:三十年代有一个昙花般的作家叫穆时英。他在文坛出现,最初好像一颗明亮的星。当时影响很大的文学刊物《现代》,在画页上刊登了他的半身相片。

那时候,日本以翻译外国作品的快速著名,从日文重译,中国当时也能很快读到一些新的文艺理论和作品。日本那时有些作家在模仿外国文学的新流派,例如什么新感觉派的横光利一,中国就接连翻译了他的几篇小说。

穆时英最初是模仿日本的新流派,他马上红了起来。许多刊物向他拉稿,他供不应求,于是从模仿,一落而为抄袭。即从日文翻译,当成他的"创作"发表。不久被人揭发。旧社会对这种行为看得很严重,于是这颗新星迅速陨落,再也没有出过面,不知干什么去了。)

一九七八年四月三十日

通讯六要

一、要说实话。近两三年来,党中央一再倡导,报纸新闻要报道实际情况,实事求是。目前,我们的报纸上面,是不是完全杜绝了不真实的报道？我看还不能肯定。

这责任不完全在通讯员身上。有历史、社会的原因。对通讯员来说,写的报道不符合实际,有人是品质问题,有人是思想问题,有人是方法问题。

自从林彪公开提倡说谎话有利以来,对社会风气,对国家民族,对人民生活、思想的危害,大家是深有体会地看到了。但说谎话可以走运,说真话可能倒霉的思想流毒,一时还不能肃清。

一个人在生活中,说一句谎话,就是圣人也难免的。在"四人帮"当权时,尤其如此,不可厚非。但是,新闻报道,是党的事业,关系国计民生,究竟是一种严肃的职责,我们应当严肃认真地从事。

我们要提倡通讯员说实话。

二、要写典型。大家都知道要报道典型事例和典型人物。这一点谈何容易!所谓典型,是从整个历史环境、现实环境中产生出来。我们的着眼点,应该首先是一般,是面。典型不是个别产生的,它的基础是群众,是群众的普遍生活、普遍思想、普遍情绪。典型绝不是偶然的。有些通讯,把个别的,偶然的,甚至别有原因,别有用心的人和事,当作典型去报道。这不仅是虚假,而且会造成很大的危害。这在过去,是屡有教训的。

有人把偶然发生的,或别有用心的人和事,当作新生事物。以为新生事物,就是典型的萌芽,大加宣扬,也常常把事情弄坏。这方面的经验教训,也是不少的。

我们要提倡:在报道典型,报道新人新事时,要着重去研究现实的全面情况,去研究群众的普遍状态。

三、要有分析。写通讯之前,要对你报道的材料,细加分析。比如说,你那里的生产情绪高涨了,食堂办好了,爱国卫生工作做好了,服务质量提高了,服务态度变好了。究竟高涨了多少,好了多少?有几分成绩,就报道几分成绩;有几分缺点,就报道几分缺点。还有,是在什么情况下高涨的,变好的? 是因为物质奖励,还是因为精神奖励,还是两相结合? 不能今天在一种情况下,一个高涨,明天在相反的情况下,又一个高涨。那样,读者就会替你分析:是不断高涨呢,还是上一次的高涨不真实?

我们提倡:写通讯要负文字、事实的责任。不能今天说东,明天说西,上边要什么,你就有什么。因为这究竟不同说话,是白纸黑字,有案可查。

四、要写短文。现在,我们的报纸,一面提倡写短小文章,一面又连登长达一版的通讯。特别是本报记者或本报特约记者署名的,好像非长不足以服众。这确是一个矛盾的、长期难以解决的问题。我并不一般地反对长文章。却常常感到,我们现在的长篇通讯,是可以更加精练,再加缩短的。我还没有看到过,我们的本报记者、特约记者,署名写一篇可以为广大通讯员示范的,仅仅四五百字,而又可以生动地说明一个问题的短小通讯。

我们提倡:本报记者、特约记者写短文章。

五、要有创新。首先要避免模仿。人家全国性的报纸,登了一篇写什么什么的通讯,出了名。我们地方性的报纸,就跟着写一篇同样内容的通讯。内容相同,在报道上并不是什么毛病。但不要在形式上模仿,那样就会减低作品的价值。通讯员应该对现实生活,作广泛而又深入的、独立思考的调查研究,并采取能充分表达研究结果的表现形式。不要总是跟在人家后面,走轻车熟路。

不只文章,就是标题也要讲求新颖。当然,报纸上的通讯标题,常常是编辑加的。有很多标题,长而且笨,成为内容的摘凑,一点秀颖生发的意思都没有。

几十年前,《大公报》有一个标题,直到现在,我还念念不忘。那篇通讯是写"九一八"事变后,顾维钧随国联调查团去东北后的讲话的。它的标题是:"东北之行,伤心惨目"。以上是右上方的引题,下面大字正题为:"一字一泪之顾代表谈话"。这个标题,当时大大打动了关心东北沦亡后的情况的、广大爱国人士的心。

我们提倡:内容、形式、标题都具有新颖风格的通讯。

六、要抄清楚。文字是给人家看的,以清楚好认,不误事不出错为主。现在的作者,很多人不讲究字,稿子写得很乱。有的随意乱草,有的不合笔顺,致使编辑望而生畏。有的人不求字体方整准确,一意求省力省事,狂草过张颠,难认如甲骨,对人、对己、对工作都不利。

我们提倡:不论毛笔钢笔,把稿件抄写清楚,然后投寄。

一九七九年四月十七日

谈校对工作

我国的文化,优良的传统之一,就是重视书籍、报刊的校对工作。凡是认真读书的人,有事业心的出版家,有责任心的编辑人员,都重视校对工作。因为,有好文章,固然是第一义,但如果没有认真的校对,好文章也会变为不好的文章,使人读起来别扭,甚至难以卒读。至于写文章的人,当然就更注意校对了,因为这一工作的负责与否,直接关系到他的文章的社会效果。

在我国,历代的读书人,都重视书籍的版本,校雠成了一种专门的学问。

在古代,校书的人,都是很有学识的人,一般说,校书的人,比起写书的人,知道的还要多些。有些青年作者,要出版著作,都是请先辈校正,并列衔于书前。鲁迅先生曾为不少青年作家校正文稿和出版物,他用的名称叫"校字"。

古代的书,抄写或是刻版,都是很困难的。书的印数和印出的时间,都受到限制,流传不广。越是如此,出版者的校对工作越是认真。有很多古书,抄写或刻印,都是作者或编辑者亲自校对,一字不苟,一笔一画都有讲究。有很多好的版本流传下来,使我们祖国的文化,得以发扬光大。

宋代和清代刻书,都很重视校对。明朝印书虽多,但很随便,所以有人说:"明人刻书而书亡。"特别是清朝,有很多校书的名家,他们有的是收藏家,有的是考据家。经过他们校对的书,名望很高,大家都乐于得到,奉为典型。

近代印刷术进步,书报发行量大多了,流传更广了,校对工作,就更繁重。因此,大的出版业,都特设了专门校对的机构,校对工作才从编辑工作中分工出来。并形成一种社会习惯,好像校对人员比起编辑人员要低一等,其实不然。有些老的校对,正像老的排字工人一样,是很有学问很有经验的,常常为一般编辑所不及。过去商务印书馆出版的书,在版权页,印上校对者的名字,以明职责,这种办法很好。

近几年来,我们国家的文艺刊物增加了,内容质量非本文所及,姑且不论,只就校对工作而言,有不少是不能令人满意的。

按照通常道理,校对工作的质量,直接影响刊物的质量,也能影响刊物的信誉和发行数量,本应得到重视。但是在目前,好像有的刊物并不注意发行多少,对于信誉,也不大在乎。原因是它并没有成本核算,发行多少,赔钱多少,并不与编辑人员的事业前途、经济利益有关。这样,刊物编辑部就容易沾染官场习气。稍有文字工作履历的人,都提拔到了领导岗位。一个刊物有多层领导,名字虽不见于版权页,确实都有官称。当然,问题并不在于官称,而在于这些领导的责任感,他们并不重视刊物的校对。一般文艺刊物,并没有校对科,校对工作,由编辑来做。他们让一些青年同志去做,这些青年在知识文化水平方面,因为前些年的教育问题,一般都很低。

按说,一个刊物的主编或副主编,除去要看全部稿件外,还要看看每期的排样。编辑部主任、组长,就更不必说了,要对印出的每一句,每一个字,都要负责任。最近,我看到《长春》文艺月刊,每一篇文章之后,都注明责任编辑,错字,确实很少。最近一期,登了我的一篇短文,因为字句的问题,他们就曾两次寄信和作者商榷,非常认真。

一篇同类性质的文章,我寄给了《长城》文艺丛刊。他们把原稿誊抄一次。发排后把清样寄给我,其中错误很多。

我马上把校样寄回，附信请他们照改。结果刊物一到，令人非常不快，并且非常纳闷。

那是短短一篇文言文，两千来字。其中一句是："余于所为小说，向不甚重视珍惜。""所为"误为"所谓"。好像我不是对自己所作小说，而是对一切小说，都不重视珍惜了。为什么这样改，我还想得通，可能是编者只知"所谓"一词，不知"所为"一词所致。

令人费解的是，文中的文言的"亦"字，全部改为白话的"也"字，共有六处。这显然不是排错，也不是抄错，而是改错的。这岂不是胡闹？

我也曾自我检讨：现在，你弄什么有"复古"倾向的文言文？这很可能是对你的一种惩罚！

我的校样寄去之后，也一直收不到编辑部的回信，没有任何解释。我估计，凡是"负责同志"，都没有注意到这些错误，也不重视这种现象。我在这里特意提一下，算是为自己的文章，作个更正。

不认真读书的人，或者说，错个把字算得什么，何必斤斤于此呢？

真正读书的人，最怕有错字，一遇错字就像遇到拦路虎，兴趣索然。

我读过一部印刷粗劣的小木版的《笑林广记》,错字之多,以及错字的千奇百怪,使人实在读不成句。我左猜右猜,并寻找它出错的规律,勉强读下去,就像读一部"天书"。

　　后来,我问到一位内行人。他说,你看的这种小书,本来是和"天地灶马"一同印刷出版的,在那个地方,刻书的都是妇女,并不认识字。她们把样本贴在木板上,就用刀子去刻,东一刀,西一刀,多一刀,少一刀,她们都不在乎,有时是随心所欲地来上几刀。因此就出现了那么多奇怪的错字。她们是家庭副业,快快刻完印出来,是为的拿到庙会集市上去卖钱,她们完全不是为了做学问。

　　啊,这,我就明白了。

　　在旧社会,出一本刊物,是多么困难,买一本书,又是如何困难。读书买书,都要经过多次考虑,掂斤簸两。虽不希望字字珠玑,也希望读起来怡心悦目。如果读起来错字连篇,像走坑坑洼洼的道路,何必又花钱买书呢?现在国家重视文化,出这样多的财力人力物力,办刊物出书,如果连校对工作都不认真去做,岂不是南辕而北辙吗?

一九七九年十一月十四日

新年，为《天津团讯》作

青年同志们：

祝你们新年好！

别的方面，我不大懂，在这里，我和你们谈谈有关文学和创作方面的问题。

一、在新的一年里，我希望你们认真地阅读一些好的文学作品，特别是"五四"以来，我国有定评的作家的作品。

阅读文学作品，不能只限于报刊杂志上登载的那些，要学习中外古典作品，这将对你们有很大好处。我们既然要游览文学之林，除去漫步于院旁地头的小树林，还要探索深山大泽的原始森林。在那里，你会遇到无限丰富的宝藏，和无限美好的风光。

读文学书，不要采取消愁解闷的态度。要认真地逐字逐句地去读。读完一本书，要作一点笔记，以加深你对这本书的印象。要养成记日记的习惯,以便每天有机会练习你的笔墨。

二、如果你有志于写作,我希望,能在新的一年里,读到你的有创造性的作品。

关于青年同志们的写作、投稿,我曾写过一篇文章,叫《关于编辑和投稿》,请你们参看,这里就不多谈了。其中,我特别提出,不能抄袭。

近来,各地文艺刊物,不断发见抄袭现象,有的很严重。有的刊物,认真处理;有的刊物,以为自己登出了剽窃别人的作品,不大光彩,采取护短的办法,这将继续对刊物和作者不利。

抄袭现象的增多,是道德观念、道德标准在文坛上的反映。前些年,林彪、"四人帮"把我们民族的道德风尚,大大地污染了。社会上的小偷小摸,人们不以为怪;反映到文坛上,也把抄袭别人的东西,不算一回事。这是很危险的,任其泛滥,还叫什么作者,什么文坛?

三、在各方面的修养上,我希望你们严格要求自己,并欢迎师友、家长严格要求自己。对自己要求严格,这是好事,这是对自己的爱护。

凡是溺爱,都不会有好结果。在文学事业上,也不例外。

过去,鲁迅先生指出,毁灭作者有两条路:捧杀与骂杀。现在提倡文艺民主,骂杀的机会少了。但胡乱吹捧,尤其容易毁掉一个青年。

凡是吹捧,都对文学创作不利。至于出于私心的、群起而哄之的吹捧,对创作之危害,我们是不旋踵就可以看到的。

我在乡下,曾见一富人,溺其爱子。其子甚为顽劣,为乡邻所不齿。其父对乡邻甚为不满,视若仇人,并逐户叫人家表态,一定要人家说他儿子好。当他"载誉"而归的时候,他的得意儿子,正在门前撒尿和泥,随手把泥摔在爸爸的脸上,和老子开了一个不大不小的玩笑!

这就是溺爱和吹捧的结果!

四、希望你们养成独立思考的习惯,不人云亦云,不以耳代目,不跟着起哄。对新文学作品,也要如此。不看风头,不看势力。实事求是,用实践去检验一切。

孙　犁

一九七九年十二月十八日上午

被删小记

　　最近,江苏铜山县大许中学教师吴海发同志,因为要讲小说《荷花淀》,发现徐州师范学院函授室所编《中国现代短篇小说选》里的《荷花淀》,与高中课本上的出入太大,来信问我,究竟哪个版本可靠。

　　小说被删,过去虽有读者函告,究未见到实物。真是:不看不知道,一看吓一跳。徐州师院选本所载的《荷花淀》,第二段被全部删去,共一百八十余字。妇女们在水生家的对话,共八行,一百六十余字,也全部被删去。此外删去整段、整句,或几个字,或一两个字的地方,有十余处之多。《荷花淀》满共不到五千字,几乎被删去一千字。

　　这是怎么一回事,删者是什么人,为什么这样删法,都不得而知。吴海发同志还发问:"高中课本上的《荷花淀》,写得细腻生动,是你本人修改的,还是课本编者修改的?"

他把徐州师院的选本,看成了我的原作。

如果是"节本"或"洁本",应在文前文后,加以说明。

如果是评论家,可以对一篇作品提出何处是多余,或不妥,应该删掉的意见。

如果是评选家,也可以在文章上加批加注,说明可删可节之处。

但以上三者,都以自己的面目出现,叫人明白这是他的意见。而这位编者的做法是:随心所欲,把你的文章支解、分割。不加任何说明,灭去他自己的刀斧痕迹,使读者以为你生来就是这样。

这种做法,已经不便于说他是简单粗暴。这是出版界的怪现状,是对著作的侵犯,是偷偷摸摸的行为。

编辑对投稿,老师给学生改作文,发表时还用作者或学生的名字,也不一定注明何处为编辑或老师所改。但那是投稿和作业。把这一做法运用到人家已经出版多年的作品上,是何居心,确实使人莫名其妙。

你说他不喜欢这篇小说吧,他确实也把它选上了。你说他喜欢吧,确实他又觉得有美中不足之感,不甚合他的心意。写篇批判文章吧,不一定大家都赞成。于是干脆自己动手,以快一时之意,以展不世之才。

也许有人要说:看,你又来了。当文化大革命期间,你性命如草芥,文字被注销,辗转沟壑,朝不保夕。在那时候,曾看不到你有任何不平,听不到你有半句异议。现在删你几段文章,有什么了不起,为何如此喋喋不休,大惊小怪?岂不是又旧病复发?

是的。如果是在那些年月,如果只是如此,这不但只能算是小动作,而且还可以说是对作者宠爱有加,恩施例外。但他们这样做,好像并不在那个非常时期,而是在非常时期之前。请参看一封复读者的信,就可明白。

我只好写信给吴海发同志,说明徐州师范学院所选的《荷花淀》,是经过别人删改的,是不能用的。

一九八〇年五月三日夜

左批评右创作论

譬之古人左图右书的读书方式，我建议人们在阅读文艺作品的时候，采取左批评右创作的做法。就是把批评文章和它所批评的那篇(部)创作放在一起，进行一番独立思考的比较、分析、判断。

我想，这对于创作和批评都会是有益的，都可以得到提高。对于欣赏和学习，也可以收到一种实证化验的乐趣。

因为，直到现在，还有人在怀疑，究竟在这几年里，批评是否粗暴了？以及这种批评是否对创作发生了种种不良的影响——就是所谓障碍？

批评是否可以起障碍的作用？我想是可以的。就其职责来说，简直是不可避免的。如果在创作界流行着一种不正确的创作方法，或是在某一作家的创作里，确实已透露着一种不良的倾向，难道能够听其发展，看着它泛滥，而不允许批评家挺身而出，对它加以干涉指责，甚至当头棒喝吗？在泛滥为灾的水流前面，筑起一道障碍，甚至坚壁高垒，这都是应该的。别林斯基对于果戈理的错误倾向，就是这样做的，也没有听到当时以及后来的创作界对他发表过什么怨言，更没有人说过他粗暴。

但是，为什么现在有些作者竟然说起批评者粗暴来了呢？我想这并不是因为当代的作者，都害怕批评，忽然都变得脆弱，都成了胆小鬼。因为这确是一个实际存在的问题，这个问题在局外人看得不很清楚，而从事创作的人，却有种种切身的体会。

什么叫切身的体会呢？对于批评家，历史上的大作家们，例如托尔斯泰、高尔基、鲁迅都发表过一些感想，这些感想，大家都是熟悉的，不必引证。这些大作家也没有一个不衷心地尊崇与他同时代的伟大的批评家，例如鲁迅之于瞿秋白，这也是大家熟悉的。然而，为了说明什么叫做切身的感受，我们还是不妨引证契诃夫对批评家——这当然指的是不好的批评家的一个看法，他说有些批评家对于作家的工作来说，就像正在耕作的马的肚皮上飞拢的虻蝇。

这个比方当然是不够客气的,但是,它确实是契诃夫的亲身的体会,也正如耕作的马,确实有它本身的苦恼一样。

这就是我为什么提倡左批评右创作的理由。有些批评是发表了的,有些批评是直接寄到作者手里的,也有些是由报刊或出版社的编辑部转来的。这中间当然有很多对作者颇有教益的文章,批评者的诚恳热情也是应该长久铭记在心的。但是,在前一二年(这一年来减少了),正当你铺纸濡笔,培养起情绪,准备写作的时候,忽然有一封批评稿件放到了你的桌上,对你的批评是:

"我建议出版机关把这本恶劣到家的书,停止出版!"

"这个作者太无耻了!"

这些话都是来得这么突然,而出版社又限期让你答复这封"读者来信"。冷静些吧,你至少今天不能创作了;再有勇气些吧,意思就是叫你承认自己确实犯有这些错误。

在很长的一段时间里,批评界流行着这样一种风气:从创作里摘取一句一段,再加以主观的逻辑,就给作者定下了这个那个的罪名。

有些并不从事创作的同志,都会好心地说,那有什么关系呢,读者来信么!有则改之,无则加勉罢!

它常常并不是群众的意见，而是从来也不理解作品的生活实际，只会板"正确"面孔的个人的武断。在作者这方面，就有了马的苦恼。

现在，有人又在害怕，是不是会又一棍子打死了批评者？

我想创作本身永远不会一棒子打死批评者，因为从各方面考察，创作的武器作用，并不在这一方面。

从事创作的同志，可以提出自己遭遇的事实。在广大的读者方面呢，就是要提倡把批评和创作对照起来看。一经对照，谁是谁非，是否粗暴，就会弄清楚了。如果创作和批评的篇幅都不很长，可以放在一起发表。过去，鲁迅就是采取这个办法的。

这样做，就可以使创作和批评站在平等的地位，而免除多年来的批评好像是在审判，创作好像是在受审的感觉。

这样做，就可以使读者看到耕地的深浅，看到马匹的勤惰，也可以看到批评是在认真地鞭策，还是在肚皮下嗡嗡！

一九五六年八月十三日

附　记：

　　此系旧稿,写于一九五六年,未能发表。运动期间,家中文字荡然,此稿因为一青年友人取去,幸未遗失。运动过后,彼知我爱惜羽毛,将此连同其他一些稿件,送还我手,完整无损。深感保存此等物件之不易,现略加订正,表而出之。目前,文艺界之民主及实事求是作风,提倡甚力,已有成效。此文议论,作为历史经验教训观之可也。

一九七九年一月底

耕堂读书记(一)

《庄子》

在初中读《庄子》,是谢老师教课。谢老师讲书,是用清朝注释家的办法。讲一篇课文,他总是抱来一大堆参考书,详详细细把注解写在黑板上,叫我抄录在讲义的顶端。在学校,我读了《逍遥游》、《养生主》、《马蹄》、《胠箧》等篇。

老实说,对于这部书,我直到现在也没有真正读懂。有一时期,很喜欢它的文字。《庄子》一书,被列入中国哲学的经典著作,当然是很深奥的。我不能探其深处,只能探其浅处。

我以为,庄生在写作时,他也是希望人能容易看懂容易接受的。它讲的道理,可能玄妙一些,但还不是韩非子所称的那种"微妙之言"。微妙之言常常是一种似是而非、可东可西的"大言",大言常常是企图欺骗"愚昧"之人的。

　　像《庄子》这样的书,我以为也是现实主义的。司马迁说它通篇都是寓言。庄子的寓言,现实意义很强烈。当然,它善于夸张,比如写大鸟一飞九万里。但紧接着就写一种小鸟,这种小鸟,"腾跃而上,不过数仞而下","翱翔蓬蒿之间",描写得更加具体,更加生动活泼。因为它有现实生活的依据。因此我们看出,庄子之所以夸张,正是为了表现现实生活中的具体细节。在书中这种例子是很多的。他常常用人们习见的事物,来说明他的哲学思想。这种传统,从庄子到柳宗元,我以为是中国散文的非常重要的传统。

　　前些日子和一位客人谈话,涉及这方面的问题,简记如下:

　　客:我看你近来写文章,只谈现实主义,很少谈浪漫主义。

　　主:是的,我近来不大喜欢谈浪漫主义了。

　　客:什么原因呢?

　　主:我以为在文学创作上,我们当前的急务,是恢复几乎失去了的现实主义传统。现实主义是古今中外文学创作的主流,它可以说是浪漫主义的基础。失去了现实主义,还谈什么浪漫主义? 前些年,对现实主义有误解,对浪漫主义的误解则尤甚,已经近于歪曲。浪漫主义被当成是说大话,说绝话,说谎话。被当成是上天入地,刀山火海,装疯卖傻。以为这种虚妄的东西越多,就越能构成浪漫主义。因此,发誓赌咒,撒泼骂街也成了浪漫主义不可缺少的东西。

我认为浪漫主义虽是文艺思潮史上的一种流派,作为创作方法,浪漫主义必须以现实主义为根基。浪漫主义是从现实主义的基础上升华出来,没有凭空设想的浪漫主义。海市蜃楼的景象,也得有特定的物质基础,才能出现。

客:我注意到,你在现实主义之上也不加限制词。这是什么道理?

主:我以为没有什么必要,认真去做,效果会是一样的。

我们读书,即使像《庄子》这样的书,也应该首先注意它的现实主义成分,这对从事创作的人,是很有好处的。从事哲学研究的人,着眼点可以不同,但也要注意它们反映的历史生活的真实细节,这才是真正的哲学基础所在。

我现在用的是王先谦的集解本,这是很好的读本。他在序中说：

> 余治此有年，领其要，得三语焉。曰：喜怒哀乐，
> 不入于胸次。窃尝持此，以为卫生之经，而果有益也。

对于这种话，我是不大相信的，至少，很难做到吧！如果庄子本人能够做到这一点，他就不可能写出这样充满喜怒哀乐的文章了。凡是愤世嫉俗之作，都是因为作者对现实感情过深产生的。这一点，与"卫生"是背道而驰的。

这位谢老师，原是新诗闯将，自执教以来，乃沉湎于古籍，对文坛形势现状，非常茫然，多垂询于我辈后生。我当时甚以为怪，现在才悟出一些道理来。

《韩非子》

在读高中一年级的时候，国文老师叫我们每人买了一部扫叶山房石印的王先谦的《韩非子集解》。四册一布套，粉连纸，读起来很醒目，很方便。

老师是清朝的一名举人，在衙门里当了多年幕客。据

说,他写的公文很有点名堂。他油印了不少呈文、电稿,给我们作讲义,也有少数他作的诗词。

这位老师教国文,实际很少讲解。在课堂上,他主要是领导着我们阅读。他一边念着,一边说:"点!"念过几句,他又说:"圈!"我们拿着毛笔,跟着他的嘴忙活着。等到圈、点完了,这一篇就算完事。他还要我们背过,期终考试,他总是叫我们默写,这一点非常令人厌恶。我曾有两次拒考,因为期考和每次作文分数平均,我还是可以及格的。但给他留下了不良印象,认为我不可教。后来我在北平流浪时,曾请他介绍职业,他还悻悻然地提起此事,好像我所以失业,是因为当时没有默写的缘故。

其实,他这种教学法,并不高明。我背诵了好久,对于这部《韩非子》,除去记得一些篇名以外,就只记得两句话:其一是:"儒以文乱法,而侠以武犯禁。"其二是:"色衰爱弛。"

说也奇怪,这两句记得非常牢,假如我明天死去,那就整整记了五十年。

我很喜欢我那一部《韩非子》,不知在哪一次浩劫中丢失了,直到目前,我的藏书中,也没有那么一部读起来方便又便于保存的书。

老师的公文作品，一点印象也没有了，不知他从《韩非子》得到了什么启示。当时《大公报》的社论，例如《明耻教战》、《十年生聚，十年教训》等篇，那种文笔，都很带有韩非子的风格。老师也常常选印这种社论，给我们作教材，那时正值"九一八"事变之后。

老师叫我们圈点完了一篇文章，如果还有些时间，他就从讲坛上走下来，在我们课桌的行间，来回踱步。忽然，他两手用力把绸子长衫往后面一搂，突出大肚子，喊道："山围故国——周遭在啊，潮打空城——寂寞回啊"，声色俱厉，屋瓦为之动摇。如果是现在，一定会引起学生的哄笑，那时师道尊严，我们只是默默地听着。有时也感到悲凉，因为国家正处在危险的境地。

以后，我就没有再读《韩非子》，我喜爱的是完全新的革命的文学作品。

直到前些年，我孤处一室，一本书也没有了，才从一个大学毕业生那里，借来两本国文教材。从中，我抄录了韩非子的《五蠹》全篇和《外储说》断片。

韩非子的散文，时时采用譬喻寓言，助其文势。现实生活的材料，历史地理的材料，随手运用，锋利明快，说理透彻。实在是中国古代散文的奇观，民族文化的宝藏。

我目前手下的《韩非子》，是光绪元年，浙江书局据吴氏影宋乾道本校刻，后附顾广圻《韩非子识误》一册。

曹丕《典论·论文》

除去诗，曹丕的散文，写得也很好。他的《典论》，虽然只留下一些断片，但读起来非常真实生动。例如他记郗俭等事，说：

> 颍川郗俭能辟谷，饵伏苓。甘陵甘始亦善行气，老有少容。庐江左慈知补导之术。并为军吏。初，俭之至，市伏苓价暴数倍。议郎安平李覃学其辟谷，餐伏苓，饮寒水，中泄痢，殆至殒命。后始来，众人无不鸱视狼顾，呼吸吐纳。军谋祭酒弘农董芬为之过差，气闭不通，良久乃苏。左慈到，又竞受其补导之术，至寺人严峻，往从问受。阉竖真无事于斯术也。人之逐声，乃至于是。

"逐声"就是庄子说的"吷声"，就是"以耳代目"，这种人有时被称为"耳食之徒"。他们是不进行观察，也不进行独立思考的。在我国，类似这种历史记载是很多见的。

这种社会现象，有时可形成一种起哄的局面，有时会形成一种持续很久的社会浪潮。当它正哄动的时刻，少数用脑子的人，是不能指出它的虚妄的，那样就会担很大的风险。因此，每逢这种现象出现，诈骗者会越来越不可一世，其"功业"几乎可以与刘、项相当。但总归要破灭。事后，人们回想当时狂热情景，就像是中了什么邪一样，简直不值一笑了。

考其原因：在上是封建专制，在下是愚昧无知。这两者又是有关联的。

他所记情状，不是也可以再见于一千多年以后的社会吗？历史长河，滔滔不绝。它的音响，为什么总在重复，如此缺少变化呢？还有他遗令薄葬的文章，《典论》中记述青年时和别人比较武艺的文章，也都写得很好。

曹丕幼年即随魏武征讨，武攻文治，都有经验，阅历既多，所论多切实之言。这些方面，都非公子曹植所能及，被确定为世子，乃是理所当然的事。

他的《典论·论文》，是一篇非常完整，非常透辟，切合文章规律的文论。在这篇论文里，他提出了"文人相轻"这个道理,论列了当代作家,谈到各种文章体裁,提出了"文以气为主"的见解,成为不朽的名论。

创作者触景生情,评论家设身处地,才能相得益彰。曹丕先为五官中郎将,后为皇帝。他把同时代的作家,看作朋友,写起评论来,都以平起平坐的态度出之。所评中肯切实,功过得当。富于感情,低回绵远,若不胜任。《典论·论文》及《与吴质书》等篇,因此传流千古。及至后人,略有官职,便耀威权,所作评论,乃无价值。文人虽有时求助于权威,而权威实无补于文艺。

陆机《文赋》

在中学时期,有两种古代文学形式,没有学好。一是楚辞;一是汉赋。一直到现在,总是对它们不太感兴趣,也不能得其要领。抗日时期,有一位姓梁的女孩子,从北平出来到解放区,就学于我教课的地方。她热情地送给我一本《楚辞》,是商务印的选本,我和女孩子同行,千里迢迢,把这本书带到延安,一次水灾,把书冲到了延河里,与其作者同命运。

司马相如、扬雄的赋，近年念了一些，总是深入不进去。才知道，一门功课，如果在幼年打不下基础，是只能老大徒伤悲的。

在读晋赋的时候，忽然发现陆机的作品，和我很投缘，特别是他的《吊曹孟德文》和《文赋》两篇。

《吊曹孟德文》，我记得鲁迅先生曾两次在文章中引用，可见也是很爱好的。

此文是陆机因为工作之便，得睹魏武的遗令遗物，深有感触而后作。事迹未远而忌讳已无，故能畅所欲言，得为杰作。但这究竟是就事实有所抒发，不足为奇；《文赋》一篇，乃是就一种意识形态而言，并以韵文出之，这就很困难。

中国古代文论，真正涉及到创作规律的，除去零篇断简，成本的书就是《文心雕龙》。《文赋》一篇，完全可以与之抗衡。又因为陆机是作家，所以在透彻切实方面，有些地方超过了刘勰。

这篇赋写到了为文之道和为文之法，这包括：作者的立志立意；为文前多方面的修养；对生活的体会感受；对结构的安排和文字的运用；写作时的甘与苦，即顺畅与凝滞，成功与失败。

自古以来，论文之作，或存有私心，所论多成偏见；或从来没有创作，识见又甚卑下，所论多隔靴搔痒之谈；又或本身虽亦创作，并称作家，论文反不能从实际出发，故弄玄虚，如江湖卖药者所为。徒有其名，而无其实。致使后来者得不到正确途径，望洋兴叹，视为畏途。像《文赋》这样切实，从亲身体验得来的文论是很少见的。这种文字，才不是欺人之谈。

前几年，我借人家的书，把这篇赋抄录一过。并把开头一段，请老友陈肇同志书为条幅。后因没有好的裱工，未得张挂。

《颜氏家训》

一九六六年的春夏之交，犹能于南窗之下，摘抄《颜氏家训》，未及想到腥风血雨之袭来也。

我国自古以来的先哲，提到文章，都是要人谨慎从事。他们认为文章是"经国之大业，不朽之盛事"，是"轨物范世"的手段，作者应当"慎言检迹"而后行之。

在旧时代，文人都是先背诵这些教导，还有其他一些

179

为人处世的教导，然后才去做文章的。然而许多文人，还是"鲜能以名节自立"，不断出乱子，或困顿终生，或身首异处。这是什么道理呢，难道文章一事，带有先天性的病毒，像癌症那样能致人死命吗？

南北朝的颜之推，在他的《家训》里，先说："自古文人，多陷轻薄：屈原露才扬己，显暴君过；宋玉体貌容冶，见遇俳优"；接下去列举了历代每个著名文人的过失、错误、缺点、遭遇。连同以上二人，共三十四人。还批评了五个好写文章的皇帝，说他们"非懿德之君"。他告诫子弟：

> 每尝思之，原其所积，文章之体，标举兴会，发引性灵，使人矜伐。故忽于持操，果于进取。今世文士，此患弥切。一事惬当，一句清巧，神厉九霄，志凌千载，自吟自赏，不觉更有旁人。加以砂砾所伤，惨于矛戟，讽刺之祸，速乎风尘。深宜防虑，以保元吉。

我当时读了，以为他说得很对。文字也朴实可爱，就抄录了下来，以自警并以警别人。

不久，"文化革命"起，笔记本被抄走。我想：造反派看到这一段，见我如此谨小慎微，谦虚警惕，一定不会怪罪。

又想,这岂不也是四旧、牛鬼蛇神之言,"元吉"恐怕保不住了。但是,这场"运动"的着眼点,及其终极目的,根本不在你写过什么或是抄过什么。这个笔记本,并未生出是非,后来退还给我了。

林彪说,"损失极小极小,比不上一次瘟疫。"建安时代,曾有一次瘟疫,七子中的"徐、陈、应、刘,一时俱逝",这见于魏文帝《与元城令吴质书》。他说,"昔年疾疫,亲故多离其灾",这里的"离",并不是脱离,而是被网罗上了。

我们遇到的这场瘟疫,当然要大得多,仅按四次文代大会公布的被迫害致死的名单,单是著名诗人、作家、批评家和翻译家,就有四十位!比七子中死去四子,多出十倍,可见人祸有时是要大于天灾了。

这些作家都是国家和人民多年所培养,一代精华,一旦竟无辜死于小人女子唇齿之间,览之无比伤痛。老实说,在这次文代大会山积的文件中,我独对此件感触最深。

魏文帝说:"何图数年之间,零落略尽……既痛逝者,行自念也。……所怀万端,时有所虑,乃至通夕不瞑。"

我们能够从这种残忍的事实中,真正得出教训吗?

窃尝思之:社会上各界人士,都会犯错误,都有缺点,人们为什么对"文人无行",如此津津乐道呢？归结起来：

一、文人常常是韩非子所谓的名誉之人，处于上游之地。司马迁说："上游多谤议。"

二、文人相轻，喜好互相攻讦。

三、文字传播，扩散力强，并能传远。

四、造些文人的谣，其受到报复的危险性，较之其他各界人士，会小得多。

《颜氏家训》以为文人的不幸遭遇，是他们的行为不检的结果，是不可信的。例如他说："阮籍无礼败俗"，"嵇康凌物凶终"，这都是传闻之词，检查一下历史记载，并非如是。《三国志》记载："籍口不论人过"；同书引《魏氏春秋》："康寓居河内之山阳县，与之游者，未尝见其喜愠之色。"两个人几乎都是谨小慎微的。

但终于得到惨祸，这也是事实。揽古思今，对证林、四之所为，一些文人之陷网罗，堕深渊，除去少数躁进投机者，大多数都不是因为他们的修身有什么问题，而是死于客观的原因，即政治的迫害。

我们的四十位殉难者，难道是他们的道德方面，有什么可以非议之处吗？

"四人帮"未倒之前，苦难之余，也曾默默仿效《颜氏家

训》,拟了几条,当然今天看起来,有些不合时宜了:

一、最好不要干这一行。

二、如无他技谋生,则勿求名大利多。

三、生活勿特殊,民食一升,则己食一升;民衣五尺,则己衣五尺。勿启他人嫉妒之心。

总之:直到今日,我以为前面所引《颜氏家训》一段话,还是应该注意的。

《三国志·关羽传》

自《春秋》立法,中国历史著作,要求真实和简练。史家为了史实而牺牲生命,传为美谈。微言大义的写法,也一直被沿用。但是,读者是不厌其详的,愿意多知道一些。于是《春秋》之外,有三家之传,而以左氏为胜。司马迁参考《国语》《战国策》等书,并加实地考察,成为一家之言的《史记》,对于人物和环境的描写,更详尽更广阔了。它适应了读者的需要,而使历史与文学,异途同归,树立了史学的典型,并开辟了文学的现实主义道路。

历史强调真实,但很难真实。几十年之间的历史,便常常出现矛盾，众说纷纭，更何况几百年之前，几千年之前？历史但存其大要，存其大体而已。

我国的历史，在过去多为官书，成书多在异代。这种做法，利弊参半，一直相沿，至于《清史稿》。

《三国志》在史、汉的经验基础上完成，号为良史，裴松之的注，实际起了很大作用。但历代研究者，仍以志为主据，注为参考。后来，历史演变为文学作品，则多采用裴注，因为这些材料，对塑造人物，编演故事，提供了比较具体生动的材料。

史书一变而为演义，当然不只《三国演义》一书。此外还有《封神演义》，以及虽不用演义标题，实际上也是演义的作品。

演者延也，即引申演变之意。但所演变也必须是义之所含，即情理之所容。完全出乎情理之外，则虽是文学创作，亦不可取。就是说，演义小说，当不背于历史环境，也不背于人物的基本性格。

当然，这一点有时很难做到。文学的特点之一是夸张，而夸张有时是漫天过海，无止无休的。文学作品的读者，也是喜欢夸张的，常常是爱者欲其永生，憎者恨其不死。在这种形势的推动下，一部演义小说，能适当掌握尺寸，就很困难了。

《三国演义》一书,是逐渐形成的,它以前有《三国志平话》,还有多种戏曲。这部书的故事几乎是家喻户晓的,流传之广,也是首屈一指的。过去,在农村的一家小药铺,在城市的一家大钱庄,案首都有这一部"圣叹外书"。

在旧社会,这部书的社会影响甚巨,仁者见仁,智者见智。谋士以其为智囊,将帅视之为战策。据说,"满清"未入关之前,就是先把这部书翻译过去,遍赐王公大臣,使他们作为必读之书来学习的,其重要性显然在四书五经之上。

在陈寿的《三国志·蜀志》中,《关羽传》是很简要的:

关于他的为人,在道义方面,写到他原是亡命奔涿郡,与刘、张恩若兄弟,"随先主周旋,不避艰险",终不负先主。

关于他的战绩,写到在"建安五年,曹公东征,先主奔袁绍,曹公禽羽以归,拜为偏将军。"写到他诛颜良,水淹于禁七军。

关于他的性格,写到诸葛亮来信说马超"犹未及髯之绝伦逸群也"。羽大悦,以示宾客。

关于他与同僚的关系,写到他与糜芳、傅士仁不和,困难时,众叛亲离。

关于他对女人的态度,本传无文字,裴注却引《蜀记》说:

> 曹公与刘备围吕布于下邳,关羽启公,布使秦宜禄行求救,乞娶其妻,公许之。临破,又屡启于公。公疑其有异色,先遣迎看,因自留之,羽心不自安。

关于他的应变能力,写到他因为激怒孙权,遂使腹背受敌,终于大败。他这一败,关系大局,迅速动摇了鼎足的平衡,使蜀汉一蹶不振,诸葛亮叹为"关羽毁败,秭归蹉跌"者也。

陈寿写的是历史,他是把关羽作为一个具体的人来写的。这样写来,使我们见到的是一个既有缺点,又有长处;既有成功,又有失败的活生生的人。我们看到的是真正的关羽,而不是其他的人,他同别的人,明显地分别开来了。我们既然准确认识了这样一个人,就能从他那里得到启发,吸取经验,对他发生真正的感情:有几分爱敬,有几分恶感。

《三国志平话》,关羽个人的回目有六。《三国演义》,关羽个人的回目有十,其中二十五回至二十七回,七十三回至七十七回，回目相连，故事趋于完整。

鲁迅先生在《中国小说史略》里谈及此书时，说："至于写人，亦颇有失，以致欲显刘备之长厚而似伪，状诸葛之多智而近妖；惟于关羽，特多好语，义勇之概，时时如见矣。"

中国旧的传统道德，包含忠孝节义；在历史观念上，是尊重正统。《三国演义》的作者，以人心思汉和忠义双全这两个概念，来塑造关羽这个英雄人物，使他在这一部小说中，占有特别突出的地位。

于是，在文学和民俗学上，就产生了一个奇特现象：关羽从一个平常的人，变为一个理想化的人，进而变为一尊神。

这一尊神还是非同小可的，是家家供奉的。旧时民间，一般人家，年前要请三幅神像：一幅是灶王，是贴在锅台旁边的，整天烟熏火燎；一幅就是关老爷，他的神龛在房正中的北墙上，地势很好；一幅是全神，是供在庭院中的。这幅全神像，包括天地三界的神，有释、道、俗各家，神像分数行，各如塔状。排在中间和各行下面的神像品位最高，而这位关羽，则身居中间最下，守护着那刻着一行大字的神牌，神态倨傲，显然是首席。

在各县县城,都有文庙和武庙。文庙是孔子,那里冷冷清清,很少有群众进去,因为那里没有什么可观赏的,只有一个孤零零的至圣先师的牌位。武庙就是关羽,这里香火很盛,游人很多,因为又有塑像,又有连环壁画,大事宣扬关公的神威。

关羽庙遍及京城、大镇、名山、险要,各庙都有牌匾楹联,成为历代文士卖弄才华的场所。清朝梁章钜所辑《楹联丛话》中,关庙对联,数量最多,有些对联竟到了头昏脑热,胡说八道的田地。

当然,有人说,关羽之所以成为神,是因为清朝的政治需要。这可能是对的。神虽然都是人造出来的,但不经政治措施的推动,也是行之不远的。

幸好,我现在查阅的《三国志》,是中华书局的四库备要本,这个本子是据武英殿本校刊,所以《蜀志》的开卷,就有乾隆皇帝的一道上谕,现原文抄录:

乾隆四十一年七月二十六日内阁奉

上谕:关帝在当时,力扶炎汉,志节凛然。乃史书所谥,并非嘉名。陈寿于蜀汉有嫌,所撰《三国志》,多存私见,遂不为之论定,岂得谓公?

从前曾奉

世祖章皇帝

谕旨,封为忠义神武大帝,以褒扬圣烈。朕复于乾隆三十二年,降旨加灵佑二字,用示尊崇。夫以神之义烈忠诚,海内咸知敬祀,而正史犹存旧谥,隐寓讥评,非所以传信万世也。今当抄录四库全书,不可相沿陋习,所有志内关帝之谥,应改为忠义。第本传相沿日久,民间所行必广,难于更易。著交武英殿,将此旨刊载传末,用垂久远。其官版及内府陈设书籍,并著改刊此旨,一体增入。钦此!

这就不仅是胡说八道,而是用行政方式强加于人了。

至于在戏剧上的表现,关羽也是很特殊的。他有专用的服装、道具;他出场之前,要放焰火;出场后,他那种庄严的神态,都使这一个角色神秘化了。

但这都是文学以外的事了。它是一种转化现象,小说起了一定作用。老实说,《三国演义》一书,虽如此煊赫,如单从文学价值来说,它是不及《水浒》,甚至也不及《西游记》的。《水浒》、《西游记》虽也有所本,但基本上是文学创作,是真正文学的人物形象。而《三国演义》,则是前人所讥评的"太实则近腐","七实三虚惑乱观者"的一部小说。

把真人真事,变为文学作品,是很困难的。我主张,真人真事,最好用历史的手法来写。真真假假,真假参半,都是不好的。真人真事,如认真考察探索,自有很多材料,可写得生动。有些作者,既缺少识见,又不肯用功,常常借助描写,加上很多想当然,而美其名曰报告文学。这其实是避重就轻,图省力气的一种写法,不足为训。

《三国志·诸葛亮传》

本传与小说,出入较大的,还有诸葛亮。小说和戏剧上的诸葛亮,几百年来在群众中,形成了一个固定的形象,即所谓摇羽毛扇的人物。还影响了其他历史小说,几乎各朝各代,在争战交替之时,都有这样一个军师:《封神演义》的姜子牙,《水浒传》的吴用,瓦岗寨起义的徐茂功,明朝开国的刘伯温等等。

诸葛亮在本传里,是一个非常求实的人,是一个实干家。陈寿奉晋朝之命修《三国志》,蜀汉为晋之敌,但他对

诸葛亮的评价,我以为还是很客观,实事求是的。他说:

> 然亮才于治戎为长,奇谋为短。理民之干,优于将略。

综览陈寿所记,诸葛亮的一生,功劳固然很大,失败和无能为力之处也不少。最后的失败主要是客观条件所致。诸葛亮的隆中对策,说孙权,前后出师表,高瞻远瞩,文词质朴,情真意诚,叮咛周至,感动百代,成为名文。他死以后,人民哀其处境艰难,大功未竟,敬仰他鞠躬尽瘁的精神。追思怀念,千古不衰。人民愿意看到他在文学艺术上的形象。但《三国演义》和一些戏剧,把这一人物歪曲了。

最失败的是把诸葛亮写成了一个非凡的人。把他写成了一个未卜先知,甚至能呼风唤雨,嘴里不断念念有词的老道,即鲁迅所说近于妖了。

诸葛亮在《后出师表》中,曾对后主反复说明,世事难以逆料,举出当时很多事例,完全是科学态度。

出现如此大的差距,原因是作者有意识把这样一个人物,塑造得更高大,不知不觉走到反面去了。作者对这一人物性格,并没有认真调查研究,作者的学识见解,都不足以创造这样一个人物形象。正如在《水浒传》里,他写在郓城县当一名书吏的宋江,写得很真实生动,到写当了水浒首领的宋江,他就无能为力了。因为他熟悉一个书吏,着实没有体验过一个水泊首领的生活,甚至见都没有见过。于是只能以主观想象出之。宋江和刘备,如出一辙。和他相反,《西游记》的作者写了猴、猪等怪,完全以写人的笔法出之,因此,猴、猪都具备了完整的性格。写唐僧亦如此,所以唐僧颇具人性。《聊斋志异》写狐鬼,成功之道亦在此点。凡是小说,起步于人生,遂成典型;起步于天上,人物反如纸扎泥塑,生气全无。

群众是喜爱英雄的,群众可以按照自己的形象,创造出一个神,但这个神对他来说,只能起到安慰的作用。群众有高级的心理、情操,也可能有低级的心理、趣味。人可以有作为人的本能,也可以有来自动物的本能。文学艺术,应该发扬其高级,摈弃其低级,文以载道,给人以高尚的熏陶。创造英雄人物,扬励高尚情操,是文学艺术的理所当然的职责。

其基础是现实的人和生活。

再现历史英雄人物,不是轻而易举的。作者除去学的修养,还要有识的修养,学识浅薄,如何创造英雄人物? 在创作准备上，识力不高，则应辅之以学。如研究历史，考察地理民俗，采集口碑遗迹，像司马迁所做的那样。司马迁写了刘、项那样的英雄人物，全从周密的调查研究入手，然后以白描手法，自然出之。

如果不这样做，那么，创造英雄人物，反倒成了很容易的事。今天，在文学艺术中，假诸葛亮的形象，还是不少的。虽不羽扇纶巾，坐四轮车，但也多是口中念念有词，不断发誓赌咒，一言而天下定的。

一个作者，有几分见识，有多少阅历，就去写同等的生活，同类的人物，虽不成功，离题还不会太远。自己识见很低，又不肯用功学习，努力体验，而热衷于创造出一个为万世师、为天下法的英雄豪杰，就很可能成为俗话说的："画虎不成，反类其犬。"

一九八〇年二月

耕堂读书记(二)

《曾文正公手书日记》

《曾文正公手书日记》共四十册,四函。宣统元年,上海中国图书公司石印。

前有王闿运序。

一九六二年春天,我寄寓北京锥把胡同河北省驻京办事处,有病不能上街,托张翔同志购得此书,还由中国作家协会开一证明,此盖内部掌握之书也。从书后印记看,此书来自济南,原来定价甚微,一至北京,则加价一倍以上。京师人物荟萃之地,物价亦必随之增长。

浏览一过,亦无甚可观。此人名重,然其书法,实不甚佳。为京官时,似甚用功,间有日课,崇尚理学,所作字或草或楷,并皆庸俗。从所记琐事中,可略见其为人。例如此人用一婢女,写信给他的父亲,声言此女极丑,这有什么必要? 其九弟(即曾国荃)在他处寄居时,兄弟颇不和,涉及他的内人婢仆,他写信给家中,引咎自责,均属虚伪。居京官时,常为会馆办些公益事,乡人有婚丧,他去主事,利用这些机会,锻炼办事应对能力,则不无可取。文人厌俗,以致终生不堪任事负重,曾非文士,有这种见解,从小事做起,故以后能担当统治者委托给他的重任。

及至与太平天国作战,本想从日记中看到一些珍贵材料,然记载越发零碎,不得要领。此王闿运所谓,当时与彼共事者能知之,非后人所能知者也。

及任直隶总督,处理天津教案时,所记材料,有些可取。当时朝廷惧洋媚外,他奉旨做些不得人心之事,自叹为“伤天害理”,似尚有天良者。然天良自天良,倒行逆施的行动,并未稍减。

日记中,有当时灾区人肉价目表,读之令人心悸。

《能静居士日记》

《能静居士日记》著者赵烈文,载中华书局出版的《人

195

平天国史料丛编简辑》第三册,系节录。

赵烈文为曾氏兄弟幕宾,攻破南京时在场。所记甚为详细真实,是日记中的佳品。

如记曾国荃督战破城后,归来时的狼狈形象,以及随之而来的骄盈。正在关键之时,不听赵的进言,竟进房大睡其觉,致使李秀成率队,穿上清军服装,混出城去。如非农民告发,后事殊难定局。记城破之前,所有清军人员,不分文武,都预备筐笼箱箧,准备大发其财。报功封爵,多有假冒。记忠王被俘之初,曾国荃向之刀剜锥刺,以胜军之主将,对待败军之俘虏,竟如青皮流氓,报复私仇。并记在这种情况下,忠王的言词表现。又记,当一帮幕客去看被俘忠王,忠王竟向这些人谈起夜观星象等语。赵烈文等答以只要朝廷政治清明,动乱自然平息等语。读之,均不胜感慨。天朝以互相猜忌,自相残杀,遂使大业倾于将成,金田起义时灿烂众星,纷纷陨落。千百万农民战士,顿时风流云散,十四年争战经营,一旦土崩瓦解。狂澜既止,龙虎无踞。忠王末路,哀言求生。此千古大悲剧,志士仁人,扼腕痛心,无可奈何者也。将革命大义,幻为私利者,当负此责乎?自我得之,自我失之矣。曾氏兄弟,侥幸成功,真如前人所谓:世无英雄,遂使竖子成名。

又如记曾国荃笼络士兵，为其效死。士兵负伤后，令其口嚼人参，然后将渣滓，敷于伤口。声言如此可以起死回生。以致湖南人参，被购一空，参价百倍高于人价。又记曾国荃得势后，如何搜刮财物，兼并乡里，大置田产，均系曾国藩亲口对赵烈文所谈。

看来，小人物的日记，比起大人物的日记，可看的东西就多了。这是因为小人物忌讳较少，也想存些史实，传名后世。

《翁文恭公日记》

《翁文恭公日记》共四十册，涵芬楼影印。后有目次，始自咸丰八年，终于光绪三十年。末有张元济跋。

翁为两朝(同、光)师傅，官至大学士，入军机处。其父、兄均居政府、军事高位，侄子又中状元，门第显赫。又值国家动乱多变之秋，他的日记部头又如此之庞大，我买来时，是抱有很大希望的，而且逐年逐日读下去，及至终卷，失望得很。

比如当两个幼年皇帝的师傅吧，当时我想，他这个小学启蒙老师，和我在乡村私塾，所体验的教鞭生涯，恐怕有很大不同吧？结果，什么也看不出来。他每天进宫教学，有时只记"龃龉"或"大龃龉"，我领会就是教学很不顺利的意思。但究竟发生了什么故障，他从不具体说明。

他记得比较具体的是买字画，买字帖，吃鱼翅，送子侄入考场，替皇帝办山陵工程……这些琐事。甚至和一些重要人物的交往，他也不记。比如和康有为的认识交往，记得若有若无，在疑似之间。

对于政局的矛盾、困难，他自己的遭逢感受，也不记载。只是到了后来，废职家居，才有时透露一些恐怖埋怨之情，也非常隐晦。

从如此大人物的日记里，看不出时代的、政治的波浪起伏，实在使人感到遗憾。但他的行书小字，写得实在漂亮，读着空洞无物的日记，欣赏流畅秀美的书法，也算是收之桑榆吧。

张元济说他的日记，"小心寅畏，下笔矜慎"，并深以他的遭遇不及宋之司马、欧阳为恨。历史是不能如此比较的。同为皇太后，或为圣母，或为灾星，这只是客观事物的一个方面。这个方面，是不能孤立存在的。她们的存在，必有其历史的土壤、雨露、气候。大臣自身，即应列入以上三者之间，起到什么作用，是因"己"而异，因"人"而异的。并不能完全怪罪女人们。

我看此人，并非政治上的干材，也只是一个书生。凡是书生，当政治处于新旧交替转折之时，容易向往新者。而本身脆弱，当旧势力抬头，则易于馁败，陷于矛盾。古今如此。

我尚有燕京大学图书馆民国二十八年影印的《翁文恭公军机处日记》，共二册。所记更为简略，系备忘性质。

《缘督庐日记钞》

《缘督庐日记钞》长洲叶昌炽著，王季烈辑，上海蟫隐庐石印，十六册两函。前有目录，始自同治庚午，终于民国丁巳。

叶昌炽是一个学者，他著的《语石》，是研究石刻的体裁很好，很有见解的书，商务印书馆列为国学基本丛书之一。他著的《藏书纪事诗》，搜采藏书逸事典故，甚为完备，诗亦典雅。这个人做学问的态度，是很严肃认真的。他代潘祖荫家编的丛书，校勘精细，惜字体太肥大，这恐怕和他的视力不佳有关。

他只是一名翰林，出任过学政，没有做过显要的官。

他的日记是摘钞，数量已经可观，但内容也是叫我失望的。他最有兴趣的，是经幢石刻。因此整部日记，几乎有一半篇幅，记的是购买经幢、考订经幢。他是金石家，把范围定得很小，很具体，因此研究成果，也特别精细。他是经幢的专门收藏家、鉴赏家、学者。在这一范围，可以说前无古人，后无来者。这种治学方法，是很值得学习的。

他也经历了清末民初的政治变革，但所记亦寥寥。如庚子事变，八国联军进京，他是目击者，所记一般，无可采择，甚为可惜。

这是一位保守派，对革命以后的社会生活，甚为不满。民国后，他还常穿戴翰林的服装，出门去给人家"点主"，遭到群众的围观讥笑，使他颇为难堪。可谓不识时务。

颇似一书呆子，然又自负知人之明。长沙叶德辉去与他联宗，遭到他的拒绝。据他说，是看到叶德辉的眼睛里，有一种不祥之光，断定他不得好死。不幸而言中，这倒使人不知他所操何术了。

日记抄得很工整，字体遒劲，也可作临池之用。

日记这一形式，古已有之，然保存至今者寥寥，每种篇幅,亦甚单薄。至晚清,始有大部头日记,最煊赫者为《越缦堂日记》。此记我未购买正本,只有《越缦堂日记补》十三册,及《越缦堂詹詹录》二册。后者为作者之侄所辑录,以事相系者也。

我尚有《湘绮楼日记》,为涵芬楼排印本,两函三十二册,印制甚精美。越缦所记,多京居琐事,可见此人生活、性情。但涂抹太多,阅读不便。其内容以读书记为最有价值,自由云龙辑出后,此记遂可覆瓿。湘绮为晚清诗文大作家,并经历过同、光以来国家政治变动,然从他的日记,实难看到重要史实,正像他自谦的,所记多为闾巷之事,饾饤之学,治学亦不及越缦堂之有统系。此外,新印的《林则徐日记》,文字简洁,记事真切,尚有可观。

日记,按道理讲,最能保存时代生活真貌,及作者真实情感。然泛览古人日记,实与此道相违。这是因为,人们虽然都知道日记对历史人生,有其特殊功能;但是,人们也都知道,这种文字,以其是直接的实录,亲身的记载,带着个人感情,亦最易招惹是非,成为灾祸根源。古今抄家,最注意者即为日记与书信。记事者一怕触犯朝廷,二怕得罪私人。古人谈日记之戒,甚至说:"无事只记阴晴风雨。"如果是这样,日记只能成为气象记录。

可以断定,这些大部头的日记,经过时间考验淘汰,千百年后,也就所剩无几了。目前所以是庞然大物,只因为还是新出笼的缘故。

我一生无耐心耐力,没有养成记日记的良好习惯,甚以为憾事。自从读了鲁迅日记以后,对日记发生了兴趣,先后买了不少这方面的书。小本的尚有《郭天锡手书日记》,都穆《使西日记》,薛福成《出使四国日记》,潘祖荫《秦辒日记》,董康《东游日记》,赵君举《三愿堂日记》,汪悔翁《乙丙日记》,《寒云日记》等。最后一种,为袁世凯之二公子袁克文所作,阅后已赠送他人。

日记,如只是给自己看,只是作为家乘,当然就不能饱后人的眼福。如果为了发表,视若著作,也就失去了日记的原来意义,减低了它的价值。这实在是这一形式本身的一大矛盾。

六十年代初期,我曾向各地古旧书店,函购书籍,索阅书目,购买日记的人很少,所以容易得到。当然,如果细心钩稽,还可以得到一些有用材料。但我只是浏览,所获仅仅如上。

一九八〇年四月

耕堂读书记(三)

一

《办理四库全书档案》陈垣钞出,前有民国二十三年王重民所写叙例,国立北平图书馆排印,线装二册。

办理四库全书,动议于乾隆三十七年,当时标榜的是"稽古右文,聿资治理"。要求各地"及时采集,汇送京师",首先购觅书籍的条件是:"历代流传旧书"。

紧接着,叫直隶、河南、山东三省,在"出产梨木之各州县,照发去原开尺寸,检选干整坚致合式堪用"的刊书梨板。

但是,圣旨传下去以后,将近一年的工夫,"曾未见一人将书名录奏,饬办殊为延缓"。申饬的口气还缓和,但点了近畿北五省,及"书肆最多之江浙地方"。要他们"恪遵前旨,饬催所属,速行设法访求,无论刊本钞本,一一汇收备采"。

第一次传下圣旨,居然没有一人应声,你以为那些督抚州县,竟敢这样玩忽法令吗?自然也不是他们能沉得住气。他们已经手忙脚乱,动起脑子来了。这对各级地方官来说,是一次硬任务,他们自然而然地感到大的压力。在异族统治之下,经历康、雍两朝,一沾文字、书籍上的事,他们是心有余悸的。但他们在这方面,也积累了一些经验,他们明白,这是扰民的勾当,也休想在这件事上贪赏求功,只求无过好了。先不要走在前头,那没有什么好处。看看别人怎么办,再说。

但是管理文化方面的官员,沉不住气,于是安徽学政朱筠,先报了一批书。

皇帝指出,也要"无关政要"的近代著作。对他老家奉天,却特别通融,说那里"风俗淳朴,本少著述",不必再行访购,以致徒滋纷扰。

乾隆三十八年,根据朱筠的条奏,拟定了采访遗书的章程,首先校核《永乐大典》,辑录善本。并奉旨"将来办理成编时,著名四库全书"。

《永乐大典》藏在皇宫,即使缺失一些,可从一些名人家借补。民间的书,还是上来得寥寥无几,且不过近人经解、论学、诗文私集数种。

乾隆三十八年三月二十八日,奉上谕:"此必督抚等视为具文,地方官亦必奉行故习,所谓上以实求,而下以名应,殊未体朕殷殷咨访之意"。"此必督抚等因遗编著述,非出一人,疑其中或有违背忌讳字面,恐涉于干碍,预存宁略勿滥之见。藏书家因而窥其意指,一切秘而不宣,甚无谓也。文人著书立说,各抒所长。或传闻互异,或纪载失实,固所不免,果其略有可观,原不妨兼收并蓄。即或字义触碍,如南北史之互相诋毁,此乃前人偏见,与近人无涉,又何必过于畏首畏尾耶!"

这一番话,不只有些提倡百家争鸣的气派,而且有点唯物辩证的历史观点了。但紧接着就说,如果你们再不紧办,"将来或别有破露违碍之处,则是其人有意隐匿收存,其取戾转不小矣"。

再一次点江浙诸大省的名,说那里著名藏书之家,指不胜屈。并"予以半年之限,……若再似从前之因循搪塞,惟该督抚是问"。

命令两江总督,江苏、浙江巡抚,向各书贾客书船,探索各大藏书家书籍流落何方。并称淮扬系东南都会,商人中颇有购觅古书善本者,而马姓家蓄书最富,派盐政李质颖查办。

已经接近勒索了。在这种官府追逼威胁下,江南藏书家恐怖起来。四月,鲍士恭愿以家藏书一千九百余种,上充秘府。

奉上谕,进到之书,缮写后,发回原书。并命总裁,先编出一部荟要本,放在摛藻堂,供皇帝观览。

藏书家害怕,天一阁后人范懋柱等具呈,请"抒诚愿献"。奉上谕,"朕岂肯为之"。

七月,奉旨,调取各地学者邵晋涵、周永年、余集、戴震、杨昌霖来京,同司校勘。并封官许愿。

八月,嘉奖纪昀、陆锡熊,"二人学问本优,校书亦极勤勉。考订分排,具有条理;而撰述提要,粲然可观。均恩授翰林院侍读。"此为纪昀在这一工作中,崭露头角之始。

九月,调任一些过去犯过错误的学者,如翁方纲、刘亨地、徐步云在四库全书处工作,免其处分。

十月,责成校对工作。四库全书,每日可得四十余万字,设有分校官三十二员。日后,拟添派复校官十六员。

插曲:各地"捐献"书籍,正在热闹。有个山西人,名叫戎英,到四库全书处具呈献纳自己的作品:万年配天策一本及天人平西策一本。遂即成为犯人,原审讯人判他"因事生风,妄希耸听",拟把他遣发乌噜苏木齐种地。奉旨,"将该犯家内,逐一严查"。这简直是自投罗网了。

乾隆三十九年八月初五日,奉上谕:"各省进到书籍,不下万余种,并不见奏及稍有忌讳之书。岂有裒集如许遗书,竟无一违碍字迹之理?况明季末造,野史甚多,其间毁誉任意,传闻异词,必有诋触本朝之语,正当及此一番查办,尽行销毁。……若此次传谕之后,复有隐讳存留,则是有心藏匿伪妄之书。日后别经发觉,其罪转不能逭。"

以后办理四库全书的重点,就转移到审查和销毁违碍之书上去了。

清代办理四库全书,今日平心论之,有功有过,应该说是功大于过。这一措施,是对中国文化的一次认真整理,其中包括政治上的清理。它对中国文化,当然是一次严重的创伤,但并不是毁灭,并非有心搞愚民政策。它主要还是要保存、整理、传播文化。并非不分青红皂白,全部横扫。它的整理工作,是经过周密计划,周密组织,投放的人力很大,持续的时间很长,督课甚严,赏罚甚明。它用的人员大都是有真才实学的,当时孚众望的,并由许多大员统领之。

对于编辑、审查、校对、印刷、装订，都很考究，积累很多宝贵经验。武英殿袖珍版的活字印刷术，在中外印刷史上，都大放光辉。

即就销毁而言，在书籍中究系少数，并有抽毁、全毁之别。此外，销毁的根据，是违碍，是诋毁本朝。这种定罪法，还是有局限的，也可以说是具体的，这方面的书籍，也是有限度的。并非提出海阔天空的口号，随意罗织任何书籍者可比。所用的是行政办法，审阅者为学者，当然他们承天子之意旨，但也是经过反复研究讨论，然后才定去取。并非发动无知无识者，造成疯狂心理，群起堆书而拉杂烧毁之。

尝思书籍之危，还不在历史上的焚书禁书，以及水、火、兵、虫之灾。因为书是禁不住焚不完的，可收一时之效，过后被焚被禁的都会再出现。清朝禁书那么多，真正绝灭的很少。最危险的，是像林彪、"四人帮"所为，以"革命"为旗号，利用军事政治威力，迫使群众以无知为荣，与文化为敌。当然这种做法，也只能是收效一时，人民总是需要文化的，能够觉悟的。

历史文化，为民族之精英，智慧的源泉。封建统治者，狃于民可使由之，不可使知之的反动学说，错以为人民越愚昧,越好驱使,越能战斗,进而迷信愚民政策,妄图毁灭历史文化,以延长其个人统治。把人民赶进黑暗的闸门,把学者挤到万丈的深渊,如此做法,其结果是毁灭一个民族的自尊心、自信心,是毁灭民族的创造力和战斗力。因为文化长期落后,锁国政策破灭,一旦接触外界进步文化,就不能抵御,就迷信崇拜,不能与之较量、战斗。雍、乾两朝大兴文字之狱,快一时之意,其实已使国家元气大伤,统治能力,也迅速走向下坡路,几代以后,即不能存其国家。然在当时,这两位皇帝还被誉为英明之主,这真是天知道了。

一九八〇年五月

二

鲁迅先生在《买小学大全记》那篇文章中,称赞了过去故宫博物院出版的《清代文字狱档》。由于他的启发,我也买到了一部,共九册。六十年代初,我在北京参观了一次关于曹雪芹的展览,会上也陈列了这部书以表明当时文禁之严。但是,我仔细观察,它所陈列的,只是第九册,虽然也叠放了九本。因此想到，这部书已经不容易得到了，所以视为珍秘。在十年浩劫中，此书也被抄去，我当时想，这个书名，恐怕有些犯禁吧，是否要追问：你为什么买这种书？其实，这是我神经过敏，想得太多了，它终于没有丢失。

它这次回到家来，因为我也有了一番亲身经历，就不太重视它，过去大部都读过了。回想一下，其中虽也有几件大案，够得上"文字之狱"，但大多数却是小题大做。作文字的人，虽也充军杀头，妻子为奴，但那些文字，实在谈不上是什么著作。有的人，原来还是一番好意，想讨皇帝喜欢，得到一些名利的。他兴兴冲冲把文字呈上去以后，不知触犯了皇帝的哪条神经，龙心没有大悦，反而大怒。因此就把脑袋掉了，实在是"无意中得之"的。并且，也总是连累很多人，拖得长时间，案牍往返，天下不宁。如果当时这位作者，明达冷静一些，不财迷心窍，天下原可以平安无事的。

例如雍正初年的汪景祺《西征随笔》案，当时皇帝看得很重，此书抄获以后，御笔在书的首页批注：

> 悖谬犯乱，至于此极！惜见此之晚，留以待他日，弗使此种得漏网也。

汪景祺的结局是：

> 立斩枭示。其妻子发遣黑龙江，给与穷披甲之人
> 为奴。期服之亲兄弟亲侄，俱著革职，发遣宁古塔。其
> 五服以内之族人，见任及候选候补者，俱著查出，一
> 一革职，令伊本籍地方官约束，不许出境。

《西征随笔》这本书，故宫博物院先在《掌故丛编》连载，页码独自起讫，以备读者将来折出自订成书。还附有许宝蘅写的一篇前言，不过是告诫后人："君子其亦知所鉴乎！"后来又出了单行本。我在旧书店得到一本，不知出自谁家，好像长期掷放在厨房里，烟熏火燎，灰尘藏于书内，我在修整时，为细尘所染，不适者数日，曾书于书皮志戒。

看过以后，是一本很无聊的小书。作者并非文人，只是一个破落子弟，性情狂放，行为卑劣，自己扬扬得意，形之文字，实际上有很多不通的地方。此人被皇帝定为大逆，是说他讥讪圣祖。实际上他只是道听途说，而且也谈不上是什么严重的讥讪。如果当时他只是写来自己看看，

放在书包里，是不会出什么乱子的。糟糕的是他把这本书，送给了大将军年羹尧，是从年的家中查抄出来，其中有大拍年羹尧马屁的信、文章、诗词。

皇帝正要定年羹尧的罪，得到了这样一本书，就成为一个突破口，成了年羹尧"大逆五罪"的一条，叫做"见知不举"。

送给别人一本书，人家大概也没有看，促成了大案，死亡两家，对人对己，都可以说是大不方便吧！

年羹尧原是雍邸旧人，是清世宗的心腹、走狗。在雍正初年，皇帝忙于兄弟间的斗争，西南一带也不平稳，年羹尧的官职，急遽上升，一直到"抚远大将军、太保、一等公、川陕总督"。

在这一期间，红极一时的年羹尧，确如汪景祺所颂扬的："阁下以翼为明听之才，当心膂股肱之任，君臣遇合，一德一心。"《掌故丛编》后来改名为《文献丛编》，在第一辑，刊有《年羹尧奏折》一束，第一折为奏谢貂皮褂等物，折后附有雍正皇帝朱谕：

实尚未酬尔之心劳历忠四字也！我君臣分中，不必言此些小。朕不为出色的皇帝，不能酬赏尔之待朕；尔不为超群之大臣，不能答应朕之知遇。惟将互相……勉，在念做千古榜样人物也。

在这一束奏折里，主要是答谢皇帝的"宠颁"。其中有鹿尾、袍褂、茶叶、西洋规矩、东珠，珐琅双眼翎、鸟枪、平安丸、天王补心丹、自鸣表等贵重物品。可见君臣之间，不只推心置腹，雍正皇帝对年羹尧的关怀，真是无微不至了。

及至几个兄弟先后被迫害致死，西南一带也稳定下来，他对年羹尧的态度，就来了一个一百八十度。

据萧奭《永宪录》，最后是：议政大臣等，胪列年羹尧九十二大罪，请诛大逆，以正国法。

这九十二大罪，又分别归纳为：大逆之罪；欺罔之罪；僭越之罪；狂悖之罪；专擅之罪；贪黩之罪；侵蚀之罪；忌刻之罪。实际上有很多罪名，是强拉硬扯，随便上纲的。此案牵连的人很多，汪景祺并非知名人士，只是因为他这本书，才引起人们注意。

《文献丛编》还刊载了允禩、允禟案。此案为清世宗剪除政治对手，颇为严重。允禩、允禟，均系世宗兄弟。这一辑刊有牵连人犯穆景远(西洋人)、秦道然(礼科给事中)、何图(允禟亲信)、张瞎子等人的口供单。

第二辑刊有雍正四年四月上谕:"允禟交与都统楚仲侍卫胡什里,驰驿从西安一路来京。"五月又命侍卫纳苏图至保定,传谕直抚李绂,令将允禟留住保定。李绂接此任务后,先后奏折九件,皆关允禟在保之事。

李绂身为封疆重臣,他接受的是一种非常严重,并非常不好掌握、不好处理的任务。如果不明皇帝内心本意,措置失当,或轻或重,均可招来杀身灭门之祸。好在李绂老奸巨猾,又深知雍正用心,没有大错,但也可从奏折中看出,他已经战战兢兢,神经紧张到几乎要失常之态。第一折奏报:

　　臣随飞檄密饬由陕至京沿途直隶州县各官,如遇允禟入境,即差员役密送至保,仍先行报臣等因去后。现在于臣衙门前,预备小房三间,四面加砌墙垣,前门坚固。至允禟到日,立即送入居住,前门加封。另设转桶,传进饮食。四面另有小房,派同知二员、守备二员,各带兵役,轮班密守。再允禟系有大罪之人,一切饮食日用,俱照罪人之例,给与养赡。

纳苏图回到雍正那里,说李绂有"便宜行事"的意思,李绂声称:

> 至于便宜行事,臣并无此语。原谓饮食日用,待以罪人之例,俱出臣等执法,非由上意耳。非敢谓别有揣摩,臣复折内,亦并无此意也。

读者注意:"便宜行事"四字,关系甚大。所以李绂赶紧声明。允禵至保定后,李绂对他的四名家人,采取了一些"想当然"的措施,稍为严了一些,雍正在他的第四件奏折后批道:

> 此必是楚宗(仲?)的疯主意,李绂你乃大儒封疆重臣,岂可听彼乱为,不自立主见,此事大错了。

第五折,李绂奏报允禵晕死后苏,这已经到了关键时刻,雍正皇帝在折上作了很多批注:

> 今日仍是此旨,便宜行事,则朕假手十大臣,如

215

何使得?

又恐李绂失于右倾,乃批:

正为此恐非过则不及也!

又批:

即此朕意尚未定,尔乃大臣,何必悬揣?

又批:

凡有形迹、有意之举,万万使不得。但严待听其
自为,朕自有道理,至嘱至嘱!

奉到如此明确的谕旨后,李绂自然心领神会。谕旨的
妙处在于:不留形迹,严待听其自为。不久,允禵就拉起痢
来,不再进小屋,只是在门口躺卧。也不再到转桶那里去
取饭食,很快就"病故"了。李绂上报,奉朱批:

好好殡殓,移于体统些房舍。

像李绂这样的大官,所用幕宾,都是高手。密议后所拟奏折,处处小心试探,自己留有余地,得到朱批根据后,再采取相应行动。所以如此敏感性的事件,他居然做得称旨,后来得到好处。据《永宪录》,那位都统楚仲,过了几年竟得罪咎。雍正说,叫他去"带领"允禵,他竟"用三条链锁拿允禵",并错传李绂要"便宜行事"。其实,楚仲何尝不也是一番用心,想得到皇帝欢心,但他究竟是一个粗人,做事留有痕迹。终于下场不佳。

以上这些出版物,所载虽系零碎档案材料,但究系确凿有据的历史。读中国历史,有时是令人心情沉重,很不愉快的。倒不如读圣贤的经书, 虽都是一些空洞的话,有时却是开人心胸,引导向上的。古人有此经验,所以劝人读史读经,两相结合。这是很有道理的。

一九八〇年六月十一日

欧阳修的散文

世称唐宋八家,实以韩柳欧苏为最,其他四位,应说是政治家,而非文学家。欧阳修的文风接近柳宗元,他是严格的现实主义者。苏轼宗韩,为文多浮夸嚣张之气,常常是胸中先有一篇大道理,然后归纳成一句警语,在文章开始就亮出来。

欧阳修的文章,常常是从平易近人处出发,从入情入理的具体事物出发,从极平凡的道理出发。及至写到中间,或写到最后,其文章所含蓄的道理,也是惊人不凡的。而留下的印象,比大声喧唱者,尤为深刻。

欧阳修虽也自负,但他并不是天才的作家。他是认真观察,反复思考,融合于心,然后执笔,写成文章,又不厌其烦地推敲修改。他的文章实以力得来,非以才得来。

在文章的最关键处,他常常变换语法,使他的文章和道理,给人留下新鲜深刻的印象。例如《泷冈阡表》里的：

"夫养不必丰,要于孝。利虽不得博于物,要其心之厚于仁。"

在外集卷十三,另有一篇《先君墓表》,据说是《泷冈阡表》的初稿,文字很有不同,这一段的原稿文字是：

"夫士有用舍,志之得施与否,不在己。而为仁与孝,不取于人也。"

显然,经过删润的文字,更深刻新颖,更与内容主题合拍。

原稿最后,是一大段四字句韵文,后来删去,改为散文而富于节奏：

"呜呼,为善无不报,而迟速有时,此理之常也。惟我祖考,积善成德,宜享其隆。虽不克有于其躬,而赐爵受封,显荣褒大,实有三朝之锡命。"

结尾,列自己封爵全衔,以尊荣其父母。从此可见,欧阳修修改文章,是剪去蔓弱使主题思想更突出。此文只记父母的身教言教,表彰先人遗德,丝毫不及他事。《泷冈阡表》共一千五百字,是欧阳修重点文章,用心之作。

《相州昼锦堂记》是记韩琦的。欧阳与韩,政治见解相同,韩为前辈,当时是宰相。但文章内无溢美之词,立论宏远正大，并突出最能代表相业的如下一节："至于临大事，决大议，垂绅正笏，不动声色，而措天下于泰山之安，可谓社稷之臣矣。"

这篇被时人称为"天下文章,莫大于是"的作品,共七百五十个字。

我们都喜欢读《醉翁亭记》,并惊叹欧阳修用了那么多的也字。问题当然不在这些也字,这些也字,不过像楚辞里的那些兮字,去掉一些,丝毫不减此文的价值。文章的真正功力,在于写实;写实的独到之处,在于层次明晰,合理展开;在于情景交融,人地相当;在于处处自然,不伤造作。

韩文多怪僻。欧阳修幼时,最初读的是韩文,韩应是他的启蒙老师。为什么我说他宗柳呢?一经比较,我们就会看出欧、韩的不同处,这是文章本质的不同。这和作家经历、见识、气质有关。韩愈一生想做大官,而终于做不成;欧阳修的官,可以说是做大了,但他遭受的坎坷,内心的痛苦,也非韩愈所能梦想。因此,欧文多从实际出发,富有人生根据,并对事物有准确看法,这一点,他是和柳宗元更为接近的。

欧阳修的其他杂著,《集古录跋尾》,是这种著作的继往开来之作。因为他的精细的考订和具有卓识的鉴赏，一直被后人重视。他的笔记《归田录》，不只在宋人笔记中首屈一指，即在后来笔记小说的海洋里，也一直是规范之作。他撰述的《新五代史》，我在一年夏天，逐字逐句读了一遍。一种史书，能使人手不释卷，全部读下去，是很不容易的。即如《史记》、《汉书》，有些篇章，也是干燥无味的。为什么他写的《新五代史》，能这样吸引人，简直像一部很好的文学著作呢？这是因为，欧阳修在《旧五代史》的基础上，删繁就简，着重记载人物事迹，史实连贯，人物性格突出完整。所见者大，所记者实，所论者正中要害，确是一部很好的史书。这是他一贯的求实作风，在史学上的表现。

据韩琦撰墓志铭，欧阳修"嘉祐三年夏，兼龙图阁学士，权知开封府事。前尹孝肃包公，以威严得名，都下震恐。而公动必循理，不求赫赫之誉。或以少风采为言，公曰，人才性各有短长，吾之长止于此，恶可勉其所短以徇人邪！既而京师亦治。"从此处，可以看出他的为人处世的作风，这种实事求是的工作态度，必然也反映到他的为文上。

他居官并不顺利，曾两次因朝廷宗派之争，受到诬陷，事连帷薄，暧昧难明。欧阳修能坚持斗争，终于使真相大白于天下，恶人受到惩罚。但他自己也遭到坎坷，屡次下放州郡,不到四十岁,须发尽白,皇帝见到,都觉得可怜。

据吴充所为行状:"嘉祐初,公知贡举,时举者为文,以新奇相尚,文体大坏。公深革其弊。前以怪僻在高第者,黜之几尽。务求平澹典要。士人初怨怒骂讥,中稍信服,已而文格遂变而复正者,公之力也。"

韩琦称赞他的文章,"得之自然,非学所至。超然独骛,众莫能及。譬夫天地之妙,造化万物,动者植者,无细与大,不见痕迹,自极其工。于是文风一变,时人竞为模范。"

道德文章的统一,为人与为文的风格统一,才能成为一代文章的模范。欧阳修为人忠诚厚重,在朝如此,对朋友如此,观察事物,评论得失,无不如此。自然、朴实,加上艺术上的不断探索,精益求精,使得他的文章,如此见重于当时,推仰于后世。

古代散文,并非文章的一体,而是许多文体的总称。包括:论、记、序、传、书、祭文、墓志等。这些文体,在写作时,都有具体的对象,有具体的内容。古代散文,很少是悬空设想,随意出之的。当然,在某一文章中,作者可因事立志,发挥自己的见解,但究竟有所依据,不尚空谈。因此,古代散文,多是有内容的,有时代形象和时代感觉的。文章也都很短小。

近来我们的散文,多变成了"散文诗",或"散文小说"。内容脱离社会实际,多作者主观幻想之言。古代散文以及任何文体,文字虽讲求艺术,题目都力求朴素无华,字少而富有含蓄。今日文章题目,多如农村酒招,华丽而破旧,一语道破整篇内容。散文如无具体约束,无真情实感,就会枝蔓无边。近来的散文,篇幅都在数千字以上,甚至有过万者,古代实少有之。

散文乃是对韵文而言,现在有一种误解,好像散文就是松散的文章,随便的文体。其实,中国散文的特点,是组织要求严密,形体要求短小,思想要求集中。我们从以上所举欧阳修的三篇散文,就可以领略。至于那种称作随笔的, 是另外一种文体, 是执笔则可为之的, 外国叫做 Essay。和散文并非一回事。

现在还有人鼓吹,要加强散文的"诗意"。中国古代散文,其取胜之处,从不在于诗,而在于理。它从具体事物写起,然后引申出一种见解,一种道理。这种见解和道理,因为是从实际出发的,就为人们所承认、信服,如此形成这篇散文的生命。

一九八○年五月

读《蒲柳人家》

绍棠敦于旧谊，每有新作，总是热情告我，希望看看。而我衰病，近年看新作品甚少。他奋发努力，写得又那么多，几年来，长、中篇齐头并举，层出不穷。我只看过几个短篇，也没有具体提出意见。前不久，他签字寄来载有此作的《十月》一册，并附信。我感到实在应该认真读读他的新作了，用两个整天，读完。我视力弱，正值阴雨，室内光线不足，我多半站在窗下，逐亮光读之。

读毕，本想写篇短文。当时因事务多，只把联想到的意见，提纲告他。后又因发生严重晕眩，遂稽迟至于今日。心实愧之。

绍棠幼年成名，才气横溢，后遭波折，益增其华。近年来重登文坛，几个长篇，连载于各地期刊，成绩斐然。今读此作，喜欢赞叹之余，觉得有下面几个问题，可以同他商榷。这些问题,有的与绍棠之作有关,有的无关,是提出和他讨论。

绍棠对其故乡,京东通县一带,风土人物,均甚熟悉,亦富感情,这是他创作的深厚基础。然今天读到的多系他童年印象,人物、环境比较单纯,对于人物的各种命运,人生的难言奥秘,似尚未用心地思考与发掘。人物必与社会风貌关联,才能写出真正时代色彩。绍棠的作品,时代色彩并不凝重。人物刻画重在内心,从内心反映当代社会道德伦理,最为重要。然做到此点,不似风花雪月描写之易于成功。在作品中,人物必须与社会结构、社会风尚结合起来写。不如此,所谓时代色彩,则成为涂饰标签,社会、时代、人物,不能实际融为一体。

此中篇,几个主要人物,都写得有声有色,然结构稍松,总体无力,其因在此。这是高要求,我对此点,也只是高山仰止,不得其途而进也。

爱情故事,为古今中外文学作品所共有,名著亦然。于是有人把爱情定为文学永久主题之一。其实似是而非。就文学史观之,传世之作,固有爱情;而专写爱情者,即所谓言情小说,产量最多,而能传世者甚为稀少。作品之优劣,读者之爱弃,自不在此。

饮食男女,人之大欲存焉。这只是从生理上说。文学作品固然不能忽视生理现象,然所着重者为心理、伦理现象。伟大作品之爱情,多从时代、社会、道德、伦理着眼,定为悲剧或喜剧的终极。小说之《红楼》,戏剧之《西厢》,无不如此。其他,如《牡丹亭》形之于梦中,《聊斋志异》幻之于狐鬼,虽别开生面,其立意亦同。伟大作品,实无为写爱情而写爱情者。

至于"三角"之作,或小人扰乱其间,虽改朝换代,变化名色,皆为公式,不足谈也。

绍棠写爱情,时有新意,然亦有蹈故辙处。不以自己的偏爱写文章,不迁就世俗的喜好写文章,而以时代和社会的需要写文章。这是我年近七十才得出的结论。

艺术既发源于劳动,即与人类生活现实密切相关。中间虽亦有宗教、政治影响,究以反映人生现实为主。现实主义贯穿中外文学艺术历史,这既是规律,也是事实。

在这一主流之外,自有旁支流派。写作手法,并不求同,而贵有新的创造。但如脱离现实根本,违反规律,则虽标新于一时,未能有传久者。中国"五四"新文学运动以来,现实主义为其基本传统,当时师承者,除民族遗产外,主要为十八、十九世纪东、北欧现实主义作家和作品。这些作家，除去作品深刻的现实内容外，皆富有伟大的人道主义精神，个性解放思想，社会进步要求。

随着欧美资本主义的发展，及其时时遇到的危机，人的生活，在新情况下遇到的困惑，常常迫使文学艺术，脱离常轨，产生新的派别，此种派别，时时表现为对现实的怀疑、忧虑、不满，内心的反抗。在文学的内容和形式上，形成种种反现实主义的倾向。

这些新的文学流派，在过去，也常常引进到中国来，也常常有人仿效之，宣传之。但常常不能为广大群众接受，并经不起时间考验，迅速夭亡。近几十年，各种新的主义、流派，差不多都在中国传播过，但能在此土生根丰茂者甚稀。

文学艺术，自有其民族传统。惟妙惟肖的写实手法，最为中国人民所喜闻乐见。此外，中国的资本主义，并未得到长足的发展，更谈不上成熟与崩溃。社会上的竞奇斗异的趣味，远不同于欧美。此后，从国外引进一些新的文学流派，自亦难免，有的群众也许爱好一时，然从艺术来说，只能说是多了一种样式，并非一定是对艺术的提高。

三十年代，有所谓新感觉派，日本作家横光利一颇有名。中国穆时英初仿效之，后抄袭之，遂即名誉扫地，而此流派亦随之销声敛迹，不再有人称道。

横光利一有一篇小说，记得题名是《拿破仑与疥癣》，他写拿破仑所以征服欧洲，是他的疥癣时常发痒的结果。中国的曾国藩也患有此症，时时对着人搔爬，鳞屑飞落，拍马者谀为龙变。难道他的敉平太平天国，也是癣的作用？小说家可以异想天开，编造故事，有时以为越新奇，越能耸人听闻。其实是自促自己作品的寿命。海外奇谈，不能代替文学。

中华民族，这块伟大的土壤，是很肥沃的，对于外来的东西，也是热烈多情的，这一点，从南北朝翻译佛经起，就可以看得出来。但是，如果把文学艺术比作花卉，只有那些真正有生命力，并对这块土壤的现实有所裨益的，才能在它身上繁殖成活。

绍棠不尚新奇突异，力求按生活实状，自然描述，是其风格之长。然于现实主义的师法继承，似应再为专笃。

绍棠幼年，人称卓异，读书甚多，加上童年练就的写作基本功，他的语言功力很深，词汇非常丰富，下笔汪洋恣肆。但在语言运行上,有泛滥之处。词句排比过长,有失于含蓄。有所长必有所短也。读书似亦甚杂,吸收未加精选。即如卿卿我我的文风,有时也在他的文章中,约略可见。

对于作品,历史有它自己的优选法。历史总是选择那些忠实于它,并对它起过积极作用的作品。历史最正直公平,不需要虚词,更厌弃伪词。任何企图掩盖历史真相欺世盗名的人和作品,他的本来面目,迟早要被历史揭示出来。读书,博览之外,还要有选择,评文要有高标准。

以上不算评论,原来是想写封信,告诉绍棠的。现在编入读书记,也要先抄录一份,就正于绍棠,恐不符合实际之处甚多。年齿相差,时代先后,老的见解,总常常是保守落后的。

一九八〇年八月七日立秋节

《善闇室纪年》序

　　在天津这个城市，住了二十五年。常常想离开，直到目前还不能走；住的这个宿舍，常常想换换，直到目前还不能搬家。中间虽然被迫迁移一次，出去三年，终于又回来了。我不知道要在这个地方，住到什么时候。

　　街上太乱太脏，我很少出门。近年来也很少有人来我这里。说门可罗雀是夸张的，闭门却轨却是不必要的。虽然好弄书，但很少能安心看书。有些人不愿去接近，有些语言不愿去听。我并不感到寂寞、苦闷，有时却也觉得时间空过得可惜，无可奈何。

　　我很久、很久不写东西了。对于未来，我缺乏先见之明，不能展示其图景。对于现实，我故步自封，见闻寡陋，无法描述。对于过去，虽也懒于回忆，但究竟便于寻绎。因此想起了写个自传什么的，再向后退一步，就想订个年谱什么的,又觉得这个名称太堂皇,就改用了纪年的形式。这是轻车熟路,向回走的路,但愿顺利一些。

我自幼年,体弱多病。表现在性格方面,优柔寡断。多年从事文字生活,对现实环境,对人事关系,既缺乏应有的知识,更没有应付的能力。在各方面都是失败多,成绩少。声音将与形体同时消失,没有什么可以遗留于后人或后世的。

一生平平,确实无可取鉴。一生行止,都是被时代所推移,顺潮流而动作。在群众面前,从来不能发表独特的见解,表现超人的才略;在行动方面,更没有起过先锋的作用,建树较大的功劳。那么,这一年谱,就只能是记录:一己的履历,时代的流波,同行者的影子与声音,群众的帮助与爱护。

其中,有个人的兴起振奋,也有自己的悲欢离合。有崎岖,也有坦途。由于愚闇,有时也曾蹈不测的深渊;由于憨诚,也常常为朋友们所谅宥。认真记录下去,也可能有超出个人范围的一个时代的步伐,一个队伍的感情吧。

总之,在过去的几十年中,跟在队伍的后面,还幸而没有落荒。虽然缺少扬厉的姿态,所迈的步子,现在听起来,还是坚定有力的。对于伙伴,虽少临险舍身之勇,也无落井下石之咎。循迹反顾，无愧于心。

一九七五年六月一日,善闇记

附　记：

　　昨晚暴风雨,花未受损。今晨五时起床,为玉树换盆,并剪海棠一枝,插于小盎,验其活否。

克明《荷灯记》序

克明同志很谦虚,最近给我来信,要我为他的短篇小说集写篇序。这是不好推托的。

因为也是老朋友了。我现在年老力衰,很愿意为故交们做些引导、打杂、清扫道路的工作,使热心的游览者,得以顺利地畅快地进入他们精心创造的园林之中。

我和克明认识,是在抗日战争结束,我在河间一带工作的时候。真正熟起来,是在土地改革期间,我在饶阳大官亭工作的时候。

大官亭有个规模不小的完全小学。我每天晚上,都要在那间大课室里,召集贫农团开会。散会的时候,常常是满天星斗,有时是鸡叫头遍了。

学校的老师们,和我关系都很好。每逢集日,他们是要改善生活的,校长总是邀请我去参加,并请一位青年女

233

老师端给我一碗非常丰盛的菜肴。我那些年的衣食,老实讲有些近于乞讨,所以每请必到。

吃饱了,就和老师们文化娱乐一番,我那时很好唱京戏。

在这种场合,常常遇到克明。他那时穿着军装,脸上总是充满笑容,很容易使人亲近。那时他已经常常在《冀中导报》的文艺副刊上发表作品了。

进城以后,克明常来看望我。我病了,他从北京给我买了一大瓶中药丸。三年困难期间,他同小秀(就是上面提到的青年女老师)给我送来一包点心,这包点心也不过一斤重,不知为什么,竟触动我心底的情感,写了一首旧诗。这首旧诗,几年后,我把它投入了火炉,内容也完全忘记了。

克明的文章,很多是写儿童生活的,明快流利,主题鲜明乐观,和他那总是笑眯眯的模样相仿。他在政治和生活的道路上,是屡屡跌跤。土改期间,以莫须有的问题受到审查;事情过后,又被错划为"右派"。背着这个黑锅,经过一九六六年以来的运动,其遭遇的艰辛,是可以想象的。他被下放到郊区,自己筑土、伐木、打坯盖房,携家带口,在那里生活了好几年。

克明有股牛劲,在这种情况下,他仍然坚持写作,计划还满不小。他和村中青年合写的小说初稿,我是看到过的。

现在,他也接近老年了,就是那位小秀,她的最小的女儿,也比她在大官亭教书时大多了。时光的流逝,确实是很快的。

受到克明的委托,我就开始考虑怎样来写这篇所谓序。半夜醒来,反复措辞,难得要领。我实在是没有什么新意的。而克明要求我,写一篇"教训的序言"。什么是我们的教训呢,我想到两点:

一、对于现实,对于生活,我们的态度,应该是看得真切一些,看得深入一些。没有看到的,我们不要去写,还没有看真看透的东西,暂时也不要去写,而先去深入生活。我们表现生活,反映现实,要衡之以天理,平之以天良。就是说要合乎客观的实际,而出之以艺术家的真诚。这样,我们写成作品以后,除去艺术加工,就不要去轻易作内容方面的改动了。遇到不正确的批评时,我们就可以有信心,不畏一人之言,甚至可以不畏由一人之言引起的"群言"。现在,有的作品印成出书,还不断随时改易,随势改易,甚至随事随人改易,像修订政策法令一样,这是不足为训的。

二、我们要对文学艺术的基础理论,进行必要的补课。

缺多少补多少。在战争环境里成长起来的一些作者,我同克明都在内,得生活的教育多,受书本的教育少。遇到那些文痞们的棍棒主义文艺学说,不一定是慑于他们的权势,倒常常是为他们那些似是而非的、"左"得出奇的理论所迷惑,失去了自己的主张,有时会迁就那些明明是错误的论点,损害了自己的良知良能。甚至有时产生悲观绝望的心情,厌世轻生。这都是因为我们平素没有充足的武器以自卫的缘故。

克明的阅历,比我广泛得多,积累的经验,也自然比我多,而且深刻。回顾过去,当然是为了前进。我想,克明目前虽然也显得有些衰老,又多病,但是他的一贯乐观主义的精神,丰富的生活体验,会支持与鼓励他进行新的创作,新的长征。

青春燃起的革命火焰,是不会熄灭的。对于生活,仍然是要充满信心的。长江大河,依然滔滔向东。现在正是春天,依然是桃红陌上,燕筑堂东,孕育着新生。

我十分高兴,把克明盛年开放的这一束花朵,介绍给亲爱的读者,请你们批评。

一九七九年四月十一日晨

万国儒《欢乐的离别》小引

　　万国儒同志原是工人,他的创作生活,开始于五十年代后期。短短数年间,他出版了三个短篇小说集,可见他的生产力是很高的。一九六六年以后, 他也被迫搁笔,一直十几年。不然,正当青春旺盛之年,他在创作上的收获,原是不可估量的。

　　茅盾同志,对万国儒的创作,精辟地评价为:

　　"给了我们很多风趣盎然,而又意义很深的仅二三千字或者竟有千余字的短篇, 这在短篇小说不能短的今天时尚中,不能不引人注意。"

　　这可以说是不刊之论,我有同感。万国儒的小说,较之其他一些工人作者的作品,是多情趣的,涉及的生活,也比较广泛。他的思路比较广,也比较活泼。本来我可以不再说什么了。

但放眼未来,为了发扬前辈赞许我们的那些长处,克服我们已经觉察到的那些短处,在总结经验的意义上,我又想到:

一、要扩大生活的视野。

本来,生活就像太空的星云一样,它是浑然一体,千变万化,互相涉及,互为因果的。但在过去,也有一些似是而非的理论,好像工人作家就应该只写工人。当然,作家原是工人,他对工人比较熟悉,可能反映工人生活多一些。假如定为一条理论,那就非常荒谬了。凡是一种人为的框子,总是像古语说的"城里高一尺,城外高一丈",越来越加码的。工人作家既是只能写工人,势必就只写一家工厂,或一个车间。连写到家属宿舍,都要考虑考虑,就更不必说去写广大的社会了。

清规戒律一旦在头脑中生根,就会产生种种奇怪的现象。比如说:工人作家,属于工人阶级,工人阶级,是我们国家的领导阶级,他的一言一行,影响至巨。工人作家头脑中一旦有了这些概念,他既要选择正面,又要选择先进,在对这些高大者进行艺术处理时,又必定叫他们"非礼勿言,非礼勿视"。人物一举手一投足都要照顾影响,其作品之干燥无味,就定而不可移了。

如果我们的创作，划界分片，只能是工写工，农写农，兵写兵，其他领域情况之糟糕，定与上述相同。

因为这样主张，无形是限制了作家们的视野，限制了他们的生活之路和创作之路。使一些初学者，略有成就，就满足现状，或者长期打不开圈子，打不开境界，致使作品停滞不前。

二、扩大借鉴的范围。

我们都知道仰慕那些老一辈的革命作家。研究他们的创作道路的同时，须知他们都是学贯中西的饱学之士。他们一生，特别是在青少年时代，读了汗牛充栋的书。他们不只读中国书，还都注意到读外国书，他们都精通一种或几种外文，可以直接阅读。我幼年读过郁达夫的一篇自述，他在日本读的外国小说，那数量是使人吃惊的。我们读的书很少，这是我们创作上不去的一个重要原因。"四人帮"的禁锢一切，是造成这种现状的主因。

林彪虽然不学，但有时还假惺惺地提提托尔斯泰，到了江青，就什么也不许借鉴了。

我们的文学，也要现代化。这个现代化，正是我国向四个现代化进军，在意识形态方面的必然反映。不是叫我们去学习什么外国的现代主义。但是，我们要知道外国文学的现状,作为借鉴,要从人家那里吸取有益的营养。

我们要摆脱愚昧或半愚昧的状态。

万国儒同志,富于春秋,他今后的成就,还是不可限量的。以上云云,是我写出来,同他,同所有文艺伙伴们共勉的。

一九七九年五月二十九日上午

《刘绍棠小说选》序

今天中午,收到绍棠同志从北京来信:

"现将出版社给我的公函随信附上,请您在百忙中为我写一篇序,然后将序和公函寄给我。

"由于发稿时间紧迫,不得不请您赶作,很是不安。"

于是,我匆匆吃过午饭,就俯在桌子上来了。

绍棠同志和我的文学之交,见于他在黑龙江一次会议上热情洋溢的发言,还见于他的自传,我这里就从略了。

去年冬初,在北京虎坊桥一家旅社,夜晚,他同从维熙同志来看我。我不能见到他们,已经有二十多年了。见到他们,我很激动,同他们说了很多话。其中对绍棠说了:一、不要再骄傲;二、不要赶浪头;三、要保持自己的风格——等等率直的话。

他们走后，我是很难入睡的。我反复地想念：这二十年，对他们来说，可以说是天寒地冻，风雨飘摇的二十年。是无情的风雨，袭击着多情善感的青年作家。承受风雨的结果，在他们身上和在我身上，或许有所不同吧？现在，他们站在我的面前，挺拔而俊秀，沉着而深思，似乎并不带有风雨袭击的痕迹。风雨对于他们，只能成为磨砺，锤炼，助长和完成，促使他们成为一代有用之才。

对于我来说，因为我已近衰残，风雨之后，其形态，是不能和他们青年人相比的。

这一个夜晚，我是非常高兴的，很多年没有如此高兴过了。

前些日子，我写信给绍棠同志，说：

"我并不希望你们(指从维熙和其他同志)，老是在这个地方刊物(指《天津日报》文艺周刊)上发表作品。它只是一个苗圃。当它见到你们成为参天成材的大树，在全国各地矗立出现时，它应该是高兴的。我的心情，也是如此。"

文坛正如舞台，老一辈到时必然要退下去，新的一代要及时上演，要各扮角色，载歌载舞。

看来，绍棠同志没有忘记我，也还没有厌弃我的因循守旧。当他的自选集出版的时候，我还有什么话，要同他商讨呢？

　　我想到：中国的现实主义文学传统，是来之不易的。是应该一代代传下去，并加以发扬的。"五四"前后，中国的现实主义，由鲁迅先生和其他文学先驱奠定了基础。这基础是很巩固、很深厚的。现实主义的旗帜，是与中国革命的旗帜同时并举的，它有无比宏大的感召力量。中国的现实主义，伴随中国革命而胜利前进，历经了几次国内革命战争和八年抗日战争。这一旗帜，因为无数先烈的肝脑涂地，它的色彩和战斗力量，越来越加强了。

　　中国的现实主义，首先是与中国革命相结合的。同时，它也结合了中国文学的历史，和世界文学的历史。毫无疑义，十八、十九世纪的西欧文学和俄国文学，东北欧弱小民族的文学，十月革命的苏联文学，日本和美国的文学，对我国的现实主义，也起了丰富和借鉴的作用。介绍这些文学作品的翻译家，我们应当给予高度评价。

　　我们的现实主义，是同形形色色的文学上的反动潮流、颓废现象不断斗争，才得以壮大和巩固的。它战胜民族主义文学，第三种人文学，以及影响很大的鸳鸯蝴蝶派。历次战斗，都不是轻而易举，也绝不是侥幸成功的。现实主义将是永生的。就是像林彪、"四人帮"这些手执屠刀的魔鬼,也不能把它毁灭。

但是,需要我们来维护。我们珍视现实主义文学的战斗传统,绍棠同志的作品,具备这一传统。

一九七九年十二月十九日下午二时

《从维熙小说选》序

　　如果我的记忆力还可靠，就是一九六四年的秋天，我收到一封没有发信地址的长信，是从维熙同志写给我的。

　　信的开头说，在一九五七年，当我患了重病，在北京住院时，他和刘绍棠、房树民，买了一束鲜花，要到医院去看望我，结果没得进去。

　　不久，他便被错划为"右派"，在劳改农场、矿山做过各种苦工，终日与流氓、小偷，甚至杀人犯在一起。

　　信的最后说，只有组织才能改变他的处境，写信只是愿意叫我知道一下，也不必回信了。

　　那时我正在家里养病，看过信后，我心里很乱。夜晚，我对也已经患了重病的老伴说：

　　"你还记得从维熙这个名字吗？"

　　"记得，不是一个青年作家吗？"老伴回答。

我把信念了一遍,说:

"他人很老实,我看还有点腼腆。现在竟落到了这步田地!"

"你们这一行,怎么这样不成全人?"老伴叹息地说,"和你年纪相当的,东一个西一个倒了,从维熙不是一个小孩子吗?"

老伴是一个文盲,她之所以能"青年作家"云云,不过是因为与我朝夕相处,耳闻目染的结果。

二年之后,她就更为迷惑:她的童年结发、饱经忧患、手无缚鸡之力、终年闭门思过、与世从来无争的丈夫,也终于逃不过文人的浩劫。

作家的生活,受到残酷的干预。我也没法向老伴解释。如果我对她说,这是特殊历史条件下的特殊国情,她能够理解吗?

她不能理解。不久,她带着一连串问号,安息了。

我也不知道,为什么我没有安息,这一点颇使远近了解我性格的人们,出乎意外。既然没有安息,就又要有人事来往,就又要有喜怒哀乐,就不得不回忆过去,展望前景。前几年,又接到了维熙的信,说他已经从那个环境里

调出来,现在山西临汾搞创作。我复信说:

"过去十余年, 有失也有得。如果能单纯从文学事业来说,所得是很大的。"

同信,我劝他不要搞电影,集中精力写小说。

不久,他在《人民文学》上发表了短篇小说《洁白的睡莲花》,来信叫我看,并说他想从中尝试一下浪漫主义。

我看过小说,给他写信,说小说写得很好,还是现实主义的。并劝他先不要追求什么浪漫主义,只有把现实主义的基础打好了,才能产生真正的浪漫主义。

再以后,就是我和他关于《大墙下的红玉兰》的通信。

写到这里,本来可以结束了,但因为前些日子,为刘绍棠同志写序文时,过于紧迫,意犹未尽,颇觉遗憾。现在就把那未了的文字,移在这里,转赠维熙,并补绍棠。

在为绍棠写的序文中,我喊叫:要维护现实主义传统。究竟什么是现实主义传统呢? 一个现实主义作家,需要何种努力? 一部现实主义的作品, 要具备什么样的条件呢? 我曾写了一个简单的提纲,在绍棠的来信之上:

我以为,现实主义的任务,首先是反映现实生活。在深刻卓异的反映中, 创造出典型。不可能凭作家主观愿望,妄想去解决当前生活中的什么具体问题,使他的人物成为时代生活的主宰。现实主义的作品,对于生活,对于人物,不能是浮光掠影的。作家在创作这样一部作品时,其动机也绝不是为了新鲜应时,投其所好,以希取宠的。

现实主义的作家,要有多方面的修养准备,其中包括在艺术方面的各种探求。经过长时期的认真不懈的努力,才能换来发掘和表现现实生活的能力。因此,凡是现实主义的作家或作品,都不会是循迹准声之作,都是有独创性的。

另外,现实主义的作家或作品,都具备一种艺术效果上的高尚情操,表现了作为人的可宝贵的良知良能,表现了对现实生活和历史事实的严肃态度。

写到这里,真的完了。但还有一点尾声。直至今日,我和维熙,见面也不过两三次。最初,他给《天津日报》文艺周刊投稿,有一次到报社来了,我和他们在报社的会议室见了一面。我编刊物,从来不喜欢把作者叫到自己家里来。我以为我们这一行,只应该有文字之交。现在,我已届风烛残年,却对维熙他们这一代正在意气风发的作家,怀有一种热烈的感情和希望。希望他们不断写出好作品。有一次,我写信对他说:

"我成就很小,悔之不及。我是低栏,我高兴地告诉你:我清楚地看到,你从我这里跳过去了。"

我有时还想到一些往事。我想,一九五七年春天,他们几位,怎么没有能进到我的病房呢?如果我能见到他们那一束花,我不是会很高兴吗?一生寂寞,我从来也没有得到过别人送给我的一束花。

现在可以得到了。这就是经过他们的努力,不断出现在我面前的,视野广阔,富有活力,独具风格,如花似锦的作品。

一九八〇年一月二十七日上午,
收见维熙来信,下午二时写成

为外文版《风云初记》写的序言

一九三七年秋季,日本帝国主义者,侵入中国的华北地区。那时我正在家里,亲眼见到冀中人民在中国共产党的领导下,掀起的巨大的抗日战争的怒潮。

人民的抗日情绪,是一呼百应的,奋不顾身的,排山倒海的。

这一年的秋季到冬季,可以说是人民抗日战争的动员、组织时期。在这一过程里,村庄的局面,开始是动荡不安的,经过党领导的一系列的宣传、组织、教育工作,使人民的抗日的意志和力量统一起来,更高地发扬起来,集中而有力地抗击侵略者。

大家知道,中国共产党从它诞生以来,在华北地区就有很大的政治影响,以后在农村更有了深厚的工作基础。日本帝国主义发动侵略战争前后,党很有远见地加强了这一地区的地下工作。

当我的家乡,遭遇到外敌侵略的时刻,我更清楚地看到了中华民族的高贵品质。在八年的抗日战争里,我更深刻地了解到中国农民勤劳、勇敢的性格。他们是献身给神圣的抗日战争的,他们是机智、乐观的。就是在最困难的时候,在最危险的时候,他们也没有低下头来。他们是充满胜利的信心的。这种信心,在战争岁月里,可以说是与日俱增的。

伟大的抗日战争,不只是民族的觉醒和奋起,而且是广泛、深刻地传播了新的思想,建立了新的文化。

在这个历程里,我更加热爱着我的家乡,这里的人民,这里的新的伦理道德,风俗习惯,甚至一草一木。所有这一切都在艰苦的战争里,经受了考验,而毫无愧色地表现了它们是不可战胜的。

所有这一切,都深刻地留在我的印象里,和我的思想、情感融合起来,成为一体。

所以,当一九五〇年,我在天津一家报社工作,因为环境比较安定,我想写一部比较长的小说的时候,我只是起了一个朦胧的念头,任何计划,任何情节的安排也没有做,就一边写,一边在报纸发表,而那一时期的情景,就像

251

泉水一样在我的笔下流开来了。

大家开卷可以看到，小说的前二十章的情节可以说是自然形成的，它们完全是生活的再现，是关于那一时期我的家乡的人民的生活和情绪的真实记录。

我没有做任何夸张，它很少虚构的成分，生活的印象、交流、组织，构成了小说的情节。

我重复地说，再没有比战争时期，我更爱我的家乡，更爱家乡的人民，以及他们进行的工作，和他们所表现的高尚品质。

我特别喜爱他们那种随时随地表现出来的高度的乐观主义精神。这可以被称作革命的乐观主义精神。

我的作品自然反映了这种精神。它在我的心灵里印证最深，它是鼓动我创作的最大的动力。

因为我所经历的生活有限，我的艺术经验不足，加以写作时没有全盘的计划，小说的结构力量，在有些地方是薄弱的，所表现的生活是不够广阔的，以及其他种种缺点。

我希望热心的读者予以批评，赐以教益。

一九六三年九月

《平原杂志》第三期编后的后记

　　一九四五年八月,日本投降,我随华北文艺大队从延安出发,十月至张家口。我迫切想到久别的家乡看看,领导允许了,我单身步行十二日到了安平。在家住了四五天,到蠡县找当时任县委宣传部长的梁斌同志，他介绍我到县城东北的刘村住下来,大概住了有半年光景。在刘村,我写了几个短篇小说，就到冀中区党委所在地的河间去了。

　　区党委要我编辑一个刊物,这就是《平原杂志》。我接受了这个委托,邀请冀中区各有关方面的同志,在《冀中导报》社开了一个座谈会,大体规定了刊物的性质和编辑方针。关于时事、通俗科学方面的稿件,大都是请《冀中导报》社的同志们执笔,特别值得怀念的,是已经故去的老郑同志,他以残病之躯,好学深思,博识多能。一些国际问题的文章,都是请他写的。文艺方面的稿件则请冀中区一些作者帮忙。当时,区党委好像要配备一个女同志帮助编辑工作,我感到这样又多一个人的人事工作,辞谢了。

刊物的印刷、校对和发行,都由报社代劳。那时我的"游击"习气还很浓厚,上半月,我经常到各地去体验生活,从事创作,后半月才回到报社编排稿件,发稿以后,我就又走了。这种"个人主义"和"自由主义"的编辑方法,当然不足为训,但现在想起来,这个刊物也还不是那么随随便便就送到读者面前去的。它每期都好像有一个中心,除去同志们热情的来稿,围绕这个中心,我自己每期都写了梆子戏、大鼓词和研究通俗文学的理论文章,并且每期都写了较长的编后记。当时主要是想根据农村工作的需要,做一些工作方法的研究,和介绍一些通俗的说唱材料。我那时对通俗文学很热心,竟引起一些同志对我的创作前途,有所疑虑。

刊物大约出了六期,我忘记是什么原因停止了。

刊物已不易见到,淮舟同志这次给我抄了一个编后记来。时光流逝,它已是十五六年前的逸文。大病以来,往事如烟,多已不能详细记忆。只记得,当编辑这个刊物的时候,我住在一个农家,在烟熏火燎的小房间里,伏在房东的破旧的迎门橱上从事刊物的编写，在这微不足道的工作里，也有酷冬炎夏，也有夜静更深。并在这个"编辑部"里会见过当时往来冀中，后来成为当代知名作家的一些同志。

一九六二年八月七日夜记

关于《荷花淀》被删节复读者信

陈炜同志:

接到你的来信。

这几年,我病了。有些读者来信,不能及时、详细地答复,常常感到一种歉疚。

但我不能不回答你的来信。

这并非单单因为你的父母是我在晋察冀工作时的伙伴,更不是因为你在信的前半部那样客气地称赞了我的作品的优点。我坦率地说,我的作品并没有写到如你们所说的那些好处。这很可能是由于你的偏爱。文学作品应该写得叫读者满意,这是作者分内的职责。即使有些长处,也没有什么可以沾沾自喜的理由。

有一个时期,我曾经接到过一些读者那样的来信:他们的赞美或是指责,好像都是道听途说,并没有仔细地阅读我的书。他们是人云亦云的。他们是听到风声便随着来了雨声的。

但从你的来信里，我知道你是细心地阅读了我的作品，并且有自己的见解。作为现在的一个高中学生，这并不是很容易就能做到的。

我指的是你的来信的后半部。我衷心地说，你提出的这些意见，都是非常切实，非常正确的。自从《风云初记》发表以来，还很少听到这样具体、这样切实可行的意见。你知道，有些读者，都是从"原则"提出问题，他们对一篇作品，不是捧到天上，就是摔到地下。有时简直使作者目瞪口呆而且措手不及，没法据以修改自己的作品。

假如我以后能够修改这部作品，你这些意见，我一定是要郑重参考的。

其中一点，高庆山是高四海之误。这次重印，这一部分我没得亲自校对，以前怎样错下来的，也不能详查了。这是一个很重要的错处。

至于课本上的《荷花淀》和原作有很大不同，我想这是课本的编辑人有意删掉的。他们删去"假如敌人追上了，就跳到水里去死吧！"可能是认为这两句话有些"泄气"，"不够英勇"。他们删去"那棵菱角就又安安稳稳浮在水面上生长去了。"可能是以为这样的描写"没有意义",也许认为这样的句子莫名其妙,也许以为有些"小资产"。总之,是有他们的一定的看法的。他们删掉:"哗哗,哗哗,哗哗哗!"最后的一个"哗"字,可能是认为:既然前面都是两个"哗",为什么后面是三个?一定是多余,是衍文,他们就用红笔把它划掉了。有些编辑同志常常是这样的。他们有"整齐"观念。他们从来不衡量文情:最后的一个"哗"字是多么重要,在当时,是多么必不可少的一"哗"呀!至于他们为什么删掉:"编成多少席?……"我就怎样想,也想不出他们的理由。这一句有什么妨碍?可能是,他们认为织出多少席,难道还没有统计数字吗?认为不妥,删去了。

有些编辑是这样的。有时他们想得太简单,有时又想得太复杂。有时他们提出的问题不合常情,有时又超出常情之外。

所以,当你问道:哪一个本子可信的时候,我只好说,这课本是不大可信的,还是《村歌》的原文可信。

当然,这也不是什么大问题。课本的编辑,只是删掉了几句话,比起从选集里特别把它抽掉的人,还是喜爱这篇文章的。不是你提起,我并不知道有这些删节。

我的身体,比起前二年是好了一些,但是还不能多写和多想。

　　　　专此

　敬礼

　　　　　　　　　　　　　孙　犁

　　　　　　　　　　　一九六三年七月二日

关于《铁木前传》的通信

阎纲同志：

昨天收到《鸭绿江》评论组转来的你写给我的关于《铁木前传》的信。说是等我的复信写好了，一同在刊物上发表。

这当然是叫我做文章。但是，我首先问候你的病体，祝你早日康复！

近两三年来，在我写的短小文章里，谈到我自己的地方太多了。我自己已觉得可笑，这样急迫地表现自我，是一种行将就木的征象吧！

其实，作家表现自己，这是不足为奇的，贤者也不免的。真诚的作者，并不讳言这一点。而作品之能具有一些生命力，恐怕还离不开这一点。

你以为小说里就没有作家自己吗？那是古今中外，都无例外,有。

《铁木前传》里,也有我自己,以下详谈。这几年我谈了自己的不少作品,但就是没有谈这本书,在写给一个地方的自传里,我几乎把这本书遗漏了。因为,这本书对我说来,似乎是不祥之物,其详情,请你参看拙著《耕堂书衣文录》此书条下。

初看到你的来信,我还是无意及此。但是我很为你的热心和盛情所感动。今天早晨起来,才有了一些想法。

这本书,从表面看,是我一九五三年下乡的产物。其实不然,它是我有关童年的回忆,也是我当时思想感情的体现。

我下乡的地方,村庄叫做长仕。这个村庄属安国县,距离我的家乡有五十里路。这个村庄有一座有名的庙宇,在旧社会香火很盛。在我童年时,我的母亲,还有其他信佛的妇女,每逢这个庙会,头一天晚上,煮好一包鸡蛋,徒步走到那里,在寺院听一整夜佛号,她们也跟着念。

但我一直没有到过这个村庄。这次我选择了这个村庄,其实不只没有了庙会,寺院也拆除了,尼姑们早已相继还俗;其中最漂亮最年轻的一个,成了村支部书记的媳妇。

在这个村庄，我住了半年之久，写了几篇散文，那你是可以在《白洋淀纪事》中找到的。

其中有两篇，和《铁木前传》有关。但是，我应该声明，小说里所写的，绝不是真人真事，所以无论褒贬，都希望那里的老乡们，不要认真见怪。

创作是作家体验过的生活的综合再现。即使一个短篇，也很难说就是写的一时一地。这里面也不会有个人的恩怨的，它是通过创作，表现了对作为社会现象的人与事的爱憎。

读者可以看到，《铁木前传》所写的，绝不局限在这个村庄。许多人物，许多场景，是在我的家乡那里。在这个村庄，我也没有遇到木匠和铁匠，当我来到这个村庄之前，我还在安国城北的一个村庄住过一个时期，在那里，我住在一位木匠家里。

我的写作习惯，写作之前，常常是只有一个朦胧的念头。这个念头，可能是人物，也可能是故事，有时也可能是思想。写短篇是如此，写长篇也是如此。事先是没有什么计划和安排的。

《铁木前传》的写作也是如此。它的起因，好像是由于一种思想。这种思想，是我进城以后产生的，过去是从来没有的。这就是：进城以后，人和人的关系，因为地位，或因为别的，发生了在艰难环境中意想不到的变化。我很为这种变化所苦恼。

确实是这样，因为这种思想，使我想到了朋友，因为朋友，使我想到了铁匠和木匠，因为二匠使我回忆了童年，这就是《铁木前传》的开始。

阎纲同志：在我这里，确实没有"情节结构的特点，以及这种形式独特奥妙之处"。你把这本小书估价太高。

需要申述的是，所谓朦胧的念头，就是创作的萌芽状态，它必须一步步成长、成熟，也像黎明，它必然逐步走到天亮。

小说进一步明确了主题，它要接触并着重表现的，是当前的合作化运动。

一种思想，特别是经过亲身体验，有内心感受的思想，可以引起创作的冲动。但是必须有丰富的现实生活，作为它的血肉。

如果这种思想只是抽象的概念，没有足够的生活基础，只能放弃这个思想。为了表达这种思想，我选择了我最熟悉的生活，选择了最了解的人物，并赋予全部感情。如此，在故事发展中，它具备了真实的场景和真诚的激情。

我国文学艺术的现实主义传统，是非常丰富，非常值得学习、值得珍贵的。这个传统的特点之一，就是真诚，就是文格与人格的统一和相互提高。

投机取巧，虚伪造作，是现实主义之大敌。不幸的是，这样的作品，常常能以其哗众取宠之卑态，轰动一时。但文学艺术的规律无情，其结果，当然是昙花一现。

我们目前应该特别强调真正的现实主义，至于技法云云，是其次的。批评家们应该着重分析作品的现实意义及其力量，教给初学者为文之法的同时，教给他们为文之道。

所答恐非所问。

　　祝

好

　　　　　　　　　　　　　　　　　孙　犁
　　　　　　　　　　　　　　　　一九七九年十月一日

附：

孙犁同志：

久未向你问安，不知起居、视力情况如何？甚念。

几个月前，从维熙同志来，询问《文艺报》将要讨论《大墙》的计划。他说到同你的通信，我们要了来准备发表。事先想征得你的同意。不料，我胃里长了瘤子，立即住院手术。同你联系的事，请编辑部同志代办。探悉你已经同意发表了，我以为很好。

《文学短论》收到了，它还是原来素净雅致的装束，一上眼觉得很舒服，谢谢！

我这次住院前后，读了一批中篇。近来中篇创作开始活跃，原因可能有五：一、三中全会后思想解放运动的推动；二、短篇创作和话剧创作的带动；三、大型刊物纷纷创刊提供了阵地；四、这种形式比长篇省力，又较短篇有容量，能及时地讲述较曲折的故事和塑造典型人物；五、读者欢迎，因为它不像读长篇那么费时，又比读短篇"解馋"。我认为，不论从锻炼作者或供应读者各方面考虑，中篇的创作，需要鼓励和提倡。我想呼吁一下。

为了研究一下中篇创作的问题，如人物刻画的特点，情节结构的特点以及这种形式独特奥妙之处，我学习了《阿Q正传》、《铁木前传》和你的《关于中篇小说》。前天刚读完《铁木前传》，昨天就收到这期《新港》，读到滕云同志的论文，颇觉有益。论文的作者确实抓住了作品的新鲜之处，发掘了作品的美的东西，我很愿意读这样的文章，希望这类文章多起来。

为了思考中篇写作问题，阅读了《铁木前传》。但读完之后，它教给我的东西还要多些。读这种作品，一点不吃力，因为它是那样诚挚、率直、多情和富于奇异的表现力。我进入一个生活境界、艺术境界、作者和读者完全平等的境界，远离"政治"却不知不觉透出爱憎的境界。然而，它绝不是"轻音乐"。它是风云的时代中人情世故的生动写真。如音乐之悦耳，却非一味的轻松。当一部文学作品，它的作者的政治与艺术高度融合之后，人们看到的既不是政治，也不是艺术，而是生活，生活的美。

描写是如此简洁、隽永、秀丽。然而，绝不刻意雕饰。你把白描的手法运用到炉火纯青的程度，你把绚烂的五彩云霞，用清澈见底的水色映衬了出来。你寥寥几笔就可以使人物神情毕见的手法，实在高超。你运用文字经济到了极点。"绚丽之极，归于平朴"，你把聪明和文采藏在丰富的背后。"红装素裹"就是孙犁的艺术形象。

你在处理叙述和描写，高大与平凡，政治与生活，正写与侧写，烂漫与朴素，人物与事件，表扬与批评，爱与憎，恨敌人与恨铁不成钢，人的完整性与复杂性，理智与感情，生活的直录与诗意的发掘,高调与强音,动辄说教与平等待人等等关系方面,形成了自己特有的艺术风格。你的这种已经成熟了的艺术风格,在历经动乱的文坛上,显得分外动人。

对你的作品、艺术方法和风格,特别是你用极省俭的笔墨活现人物内在感情的绝技,使我一直惊叹不止,但又不敢妄加评论。我以为那里面的道理很深,深海探珠,尚需一番苦钻苦研的功夫。

忽而兴起,写了一堆幼稚的话。为了向你表示问候,不意劳了你的精神。

你已进入老年,到了介绍自己创作经验的时候,大家早就有此愿望。盼快些动笔,我已经等不及了!

谨祝

康健

阎　纲

一九七九年九月二十四日

关于《大墙下的红玉兰》的通信

维熙同志：

你以前来信，叫我注意你在《收获》上发表的作品，我是记着的。我收到刊物也比较早，翻了一下，你的小说是写监狱生活的，而老干部的遭遇又不幸，我就惘然地又把书本合上了。书放在准备阅读的书中间，告诉家人不要拿走，但一直没顾得看。

昨天上午收到你挂号寄来的刊物，我知道这是对我无声的督促，不能再拖了，从下午开始阅读，晚上读到十一点。我平日是八点半就上床睡觉的，不敢再多看。留下两节，今天早上读完。

我读书很慢，但是逐字逐句认真去读。文字排印上还有些技术问题，不一一指出了。二十页"看透这层窗户纸，葛翎血如潮涌……"葛翎二字应是路威之误。

你的小说能一下子就把我吸引住。它的生活的真实背景,情节的紧凑衔接,人物的矛盾冲突,都证明你近来在小说艺术探索方面的努力和成就,是非同一般,非同小可的。我一直兴奋地高兴地读下去,欲罢不能,中间有些朋友来访, 我拿着书本对他们说:"从维熙这些年进步很快,小说写得真好!"

你反映的是一个时代的、生活方面的真实面貌。对那两个运动员的描写,使我深深感动,并认为他们的生活遭遇、思想感情,是典型化了的,是美的灵魂,是美的形象。

但是,你的终篇,却是一个悲剧。我看到最后,心情很沉重。我不反对写悲剧结局,其实,这篇作品完全可以跳出这个悲剧结局。也许这个写法,更符合当时的现实和要求。我想,就是当时,也完全可以叫善与美的力量,当场击败那邪恶的力量的。战胜他们, 并不减低小说的感染力,而可以使读者掩卷后,情绪更昂扬。

我不是对你进行说教。也不反对任何真实地反映我们时代悲剧的作品。这只是因为老年人容易感伤,在现实生活中见到的,或亲身体验的不幸,已经很少,不愿再在文学艺术上去重读它。这一点,我想是不能为你所理解的吧?

我当继续读你的新作品。

　　专此,祝

全家安好

孙　犁

一九七九年四月二十七日下午

关于纪昀的通信

柳溪同志：

收到你十月十五日从盘山写来的信。因为我又闹病，迟复了几天，甚歉！

虽然我们相识几十年了，我还不知你是纪昀(晓岚)的后裔，实在不敬得很。我是很佩服他的，这倒不是因为在我们北方，有许多关于他的民间传说。

你的太高祖的官阶，并不止于"编修"，他历任过侍读学士、内阁学士、兵部右侍郎、左都御史，一直到礼部尚书。

他编纂的书，不叫《四库备要》，叫《四库全书》，他是四库全书馆的总纂官，就是现在的"主编"或"总编"。他的主要工作，是为这些书撰写"提要"。

《四库全书总目提要》并不是近年来才得到好评。这是一部非常伟大的学术著作。我曾有一部商务出版的万有文库本,那样小的字,还有四十多本,是一部内容浩瀚的大书。它一直享有盛誉,随着年代的推移,它的价值,将越来越高,百代以后,它一定会成为中国文化的经典著作。

令太高祖为四库书所作的"提要",在有清一代,已经被誉为:"大而经史子集,以及医卜辞曲之类,其评论抉奥阐幽,词明理正,识力在王仲宝阮孝绪之上,可谓通儒矣!"

我以为更难得的是,像这样的学术著作,使人读起来,并不感觉枯燥,并且时常有他那独特的幽默犀利的文笔出现,使人于得到明确的知识之外,还能得到文学艺术的享受。

鲁迅对他的评价是很高的,见于《中国小说史略》。我并不记得鲁迅骂过他"汉奸"。

当然,乾隆皇帝修《四库全书》有其政治上的目的,经过这一次纂修,中国文化遭到了一次浩劫。但事物总是要一分为二的,这一反动措施,也带来一些正面好处。除去它辑存了一些已佚的古籍(如从《永乐大典》辑录的一些书),最大的成就,就是纪氏所撰述的《四库全书总目提要》和《简明目录》。

此外,你来信说:"我常想,如果我这位太高祖,当年不是乾隆的编修,而像蒲松龄那样一生贫困、治学、读书、著书,当比留存下来的《阅微草堂笔记》会好些。不知你同意我的看法否?"

我不同意你的看法。第一,作家和作品,不能作等同比较。第二,贫困并不是决定作品质量的因素。虽然,中国有一句"穷而后工"的说法。但这个穷字并非专指贫困。第三,《阅微草堂笔记》的成就,并不能说就比《聊斋志异》低下。

《阅微草堂笔记》是一部成就很高的笔记小说,它的写法及其作用,都不同于《聊斋志异》。直到目前,它仍然在中国文学史上,占有其他同类作品不能超越的位置。它与《聊斋志异》是异曲同工的两大绝调。

这是一部非常写实的书,纪昀用他亲身见闻的一些生活琐事,说明社会生活中的因果问题。它并不是唯心宿命的,它的道理是从现实生活中演绎出来的。因果报应,并不完全是迷信的,因果就是自然规律。

至于文字之简洁锋利,说理之透彻周密,是只有纪昀的文笔,才能达到的。我常常想,清代枯燥的考据之学,影响所及,使文学失去了许多生机。但是这种一针见血、无懈可击的刀笔文风,却是清朝文字的一大特色。

评价历史人物，一定要考虑到他的历史处境。令太高祖的处境，是并不太理想的。姑不论在异族统治之下，就是这位乾隆皇帝，虽然表面上有改父风，但仍然是很不好对付的。特别是在他手下做文字工作。这位皇帝当面骂纪昀为腐儒，就是说，他把文人还是作为"倡优畜之"的。另一次因为受别人牵连，他把纪昀充军乌鲁木齐，这是大家都知道的。

问题在于，在这位皇帝面前，纪昀以怎样的态度做官呢？事隔久远，我的历史知识很差，不能凭空臆测，但据一些记载，纪昀是采取了"投其所好"的办法。

什么叫"投其所好"呢？比如纪昀看准了乾隆皇帝的性格特点是好"高人一等"，是最高的"自是"人物。他在精心校对《四库全书》的时候，就故意留一两处漏校的地方，这些漏校，都放在容易发见之处。把书缮写清楚之后，上呈御览。

皇帝很容易就发见了这种错处，于是得意扬扬地下一道谕旨：对总纂官加以申斥，并且罚俸！

就这样，纪昀在担任总纂官的年月里，被申斥罚俸很多次。

像这样的自屈自卑，以增强统治者的自尊自是感，已经超出了中国古代美誉归于尊者的教训，叫我们现在看来，是有些莫名其妙的。其实，这是封建社会做官的一种妙诀，很多人就是因为这样，才能为皇帝容纳、喜欢，一直升官的。

这当然不能概括纪昀的全部，只能说是他的一种逸闻，我提到这一点，并不是存心对他不恭敬。

比他早一些，康熙朝有一位高士奇，这也是一位有名的文士。他在扈从皇帝到你目前所在的盘山一带，行围射猎的时候，皇帝的马惊了，皇帝掉了下来，身上沾了一些泥土，很不高兴。高士奇得知后，自己故意滚到泥洼里，带着浑身泥水跑到皇帝跟前，诉说自己的不幸遭遇，使皇帝变恼怒为高兴。他这种做法，比起纪昀，就更等而下之了。如果我们只看他的文集，能想象出他的这种作为吗？有些影射小说的爱好者，说高士奇是《红楼梦》里薛宝钗的模特儿。你想，薛姑娘无论如何不好，能做出这种勾当吗？

另有一件关于纪昀的逸事是：纪昀死去老伴，有悼亡之戚。皇帝问他心中如何，他给皇帝背诵了《兰亭集序》中"夫人之相与"一段，引逗得皇帝大笑。这种文字游戏，不只有玷名篇，也略见君臣之间日常相处的风格面貌。

这只是说明，纪昀当时的处境，并不像一般人所羡慕的那样得意,是有很多难言之苦的。

他是真正的才子,他的毕生才力都灌注到了前面提到的那部大书里。他所留下的《纪文达公遗集》,实在没有什么内容,都是应酬之作,纤细轻浮,故流传不广。但他弄的那些楹联之类的小玩艺,却很有意思,是别人不能及的。所以说,受时代限制,他的才力并没有得到充分的发挥,这是非常可惜的。

至于他为官的政绩,只能说是平平,无可称述,这也是时代环境使然。

基于对他的尊重,我写了对他的一些极其肤浅的印象。我想你应该根据家乘材料,对他作一些系统研究,写成文章。我这封信,算是对你的鼓动吧!

专此

敬礼!

孙 犁

一九七九年十月二十四日

致铁凝信

一

铁凝同志：

昨天下午收到你的稿件，因当时忙于别的事情，今天上午才开始拜读，下午二时全部看完了。

你的文章是写得很好的，我看过以后，非常高兴。

其中，如果比较，自然是《丧事》一篇最见功夫。你对生活，是很认真的，在浓重之中，能作淡远之想，这在小说创作上，是非常重要的。不能胶滞于生活。你的思路很好，有方向而能作曲折。

创作的命脉，在于真实。这指的是生活的真实，和作者思想意态的真实。这是现实主义的起码之点。

现在和过去，在创作上都有假的现实主义。这，你听来或者有点奇怪。那些作品,自己标榜是现实的,有些评论家,也许之以现实主义。他们以为这种作品,反映了当前时代之急务,以功利主义代替现实主义。这就是我所说的假现实主义。这种作品所反映的现实情况,是经不起推敲的,作者的思想意态,是虚伪的。

作品是反映时代的,但不能投时代之机。凡是投机的作品,都不能存在长久。

《夜路》一篇,只是写出一个女孩子的性格,对于她的生活环境,写得少了一些。

《排戏》一篇,好像是一篇散文,但我很喜爱它的单纯情调。

有些话,上次见面时谈过了,专此。

祝好!

稿件另寄。

孙　犁

一九七九年十月九日下午四时

二

铁凝同志:

上午收到你二十一日来信和刊物,吃罢午饭,读完你的童话,休息了一会儿,就起来给你回信。我近来不知犯了什么毛病,别人叫我做的事,我是非赶紧做完,心里是安定不下来的。

上一封信,我也收到了。

我很喜欢你写的童话,这并不一定因为你"刚从儿童脱胎出来"。我认为儿童文学也同其他文学一样,是越有人生经历越能写得好。当然也不一定,有的人头发白了,还是写不好童话。有的人年纪轻轻,却写得很好。像你就是的。

这篇文章,我简直挑不出什么毛病,虽然我读的时候,是想吹毛求疵,指出一些缺点的。它很完整,感情一直激荡,能与读者交融,结尾也很好。

如果一定要说一点缺欠,就是那一句:"要不她刚调来一说盖新粮囤,人们是那么积极"。"要不"二字,可以删掉。口语可以如此,但形成文字,这样就不合文法了。

但是,你的整篇语言,都是很好的,无懈可击的。

还回到前面:怎样才能把童话写好? 去年夏天,我从《儿童文学》读了安徒生的《丑小鸭》,几天都受它感动,以为这才是艺术。它写的只是一只小鸭,但几乎包括了宇宙间的真理,充满人生的七情六欲,多弦外之音,能旁敲侧击。尽了艺术家的能事,成为不朽的杰作。何以至此呢?不外真诚善意,明识远见,良知良能,天籁之音!

这一切都是一个艺术家应该具备的。童话如此,一切艺术无不如此。这是艺术唯一无二的灵魂,也是跻于艺术宫殿的不二法门。

你年纪很小。我每逢想到这些,我的眼睛都要潮湿。我并不愿同你们多谈此中的甘苦。

上次你抄来的信,我放了很久,前些日子寄给了《山东文艺》,他们很高兴,来信并称赞了你,现在附上,请你看完,就不必寄回来了。此信有些地方似触一些人之忌,如果引起什么麻烦,和你无关的。刊物你还要吗?望来信。

　　祝

好

　　　　　　　　　孙　犁

　　　　　　　一九七九年十二月二十三日

后　记

本集所收,主要为近一二年所作散文。其中也有几篇旧作,篇后系有写作年月,读者一看便可明了。旧作经过战争、动乱,失者不可复得,保存下来的,也实在不容易。每当搜集到手时,常有题记。例如《琴和箫》一篇,即原附有如下文字:

　　这一篇原名《爹娘留下琴和箫》,发表在一九四二年《晋察冀日报》的文艺副刊《鼓》上。在我现存的创作里,它是写作较早的一篇。但是,在后来我编的集子里,都没有这一篇,一九五七年,我病了以后,由康濯同志给我编辑的《白洋淀纪事》里,也没有收进去。

　　这一篇文章,我并没有忘记它,好像是有意把它放弃了。原因是:从它发表以后,有些同志说它过于"伤感"。有很长一个时期,我是很不愿意作品给人以"伤感"的印象的,因此,就没有保存它。后来,在延安写作的《芦花荡》和《白洋淀边一次小斗争》里,好像都采用了这篇作品里提到的一些场景,当然是改变得"健康"了,这三篇文章,如果读者有兴趣,可以参照来看。

现在淮舟同志又把它抄了来,我重读了一遍,觉得并没有什么严重的伤感问题,同时觉得它里面所流露的情调很是单纯,它所包含的激情,也比后来的一些作品丰盛。这当然是事过境迁和久病以后的近于保守的感觉。它存在的弱点是:这种激情,虽然基于作者当时迫切的抗日要求,但还没有多方面和广大群众的伟大的复杂的抗日生活融会贯通。在战争年代,同志们觉得它有些伤感,也是有道理的。

因此,我竟想到了创作上的一些问题。真正的激情,就是在反映现实生活时所流露的激情,恐怕是构成现实主义文学作品的重要因素。在历史著作里,在政治经济学著作里,成就大小的分别,道理也是一样。应该发扬这一点,并向现实生活突进。但理论问题是很复杂的,非目前脑力所能及。现在,只是把这篇作品的来历,简述如上。

一九六二年八月七日晚大雨过后记

此篇,前抄件已失,淮舟念念不忘,今岁,先后到天津人民图书馆、北京图书馆、北京大学图书馆,检阅所存《晋察冀日报》残卷,均未得见。终于《人民日报》资料室得之,高兴抄来。淮舟于此文,可谓情厚而功高矣,今重印于此,使青春之旅,次于晚途,朝露之花,见于秋圃。文事逸趣,亦读者之喜闻乐见乎!

一九七九年十一月二十八日晨又记

再如《烈士陵园》一文,写出较早,发表在《人民日报》,还有一篇,写出较晚,交给《天津日报》,刚刚排出清样,就赶上了"文化革命"。于是悬挂楼间,任人批判;批判之余,烟消火灭,它就无影无踪了。文章的命运,历史证明,大体与人生相似。金匮之藏,不必永存;流落村野,不必永失。金汤之固不可恃,破篱残垣不可轻。所以虽为姊妹篇,一篇可以赫然列目于本集,一篇则连内容、题目我也忘记,就是想替它恢复名誉也无从为之了。

其他几篇旧作,也都是路旁的遗粒,沉沙之折戟。虽系残余,可备磨洗。因为,用旧日文字,寻绎征途,不只可以印证既往,并且希望有助于将来。

至于这些新作,也都是短小浅陋的。近年来,文章越写越短,以前写到十页稿纸,就自然结束;近来则渐渐不足十页,即辞完意断。这是才力枯竭的象征,并非锤炼精粹的结果。然于写作一途,还是不愿停步,几乎是终日矻矻,不遑他顾,夜以继日,绕以梦魂。成就如此单薄,乃自然所限,非战之过也。

"秀露"一词,亦别无含义。在农村生活时,日出之后,步至田野,小麦初生,直立如针,顶上露水如珍珠,一望无垠,耀人眼目,生气蒸蒸,叹为奇丽。今取以名集,只是希望略汰迟暮之感,增加一些新生朝气。

一九八一年二月一日记